Listas, guapas, limpias

ANNA PACHECO

Listas, guapas, limpias

CABALLO DE TROYA

Papel certificado por el Forest Stewardship Council®

MIXTO
Papel | Apoyando la silvicultura responsable
FSC® C117695

Penguin Random House Grupo Editorial

Edición a cargo de Luna Miguel y Antonio J. Rodríguez

Primera edición: septiembre de 2019
Novena reimpresión: mayo de 2024

Travessera de Gràcia, 47-49. 08021 Barcelona
Diseño de la cubierta: Penguin Random House Grupo Editorial / Manuel Esclapez
Ilustración de la cubierta: ©iStock Photos

Printed in Spain — Impreso en España

ISBN: 978-84-17417-07-9
Depósito legal: B-15.219-2019

Compuesto en Pleca Digital, S. L. U.
Impreso en Arteos Digital, S. L.

CT 1 7 0 7 A

Lo mejor para dejar a un novio es que ese día te despiertes guapa. Hoy es exactamente uno de esos días. He quedado con Hugo en el bar en el que alguna vez fantaseamos que eran otros los que rompían. No ha sido algo deliberado. Es domingo y está todo cerrado. Solo resulta que hoy esos otros somos nosotros. En términos cuantitativos, siempre llora menos el que deja. Así que es posible que esa sea yo. Todo lo que voy a decir suena convincente: Universidad. Otros amigos. Necesito mi espacio. Estoy empezando a descubrir quién soy. Estoy muy liada, hago una carrera muy difícil, todo el mundo lo dice. Ojalá nos hubiéramos conocido dentro de cinco o diez años. Somos tan jóvenes. He de buscarme un trabajo porque quiero tener más dinero. Quiero tener más dinero. Sé que eso no te incumbe, pero creo que debes saberlo. Además, siento que lo nuestro es algo *circunscrito* al instituto. «Circunscrito» me parece una palabra bastante precisa. Espero que la entienda. De repente, todo ha cambiado. Lo siento. Cuando se rompe hay que decir lo siento por haber conducido al otro a una inversión fallida. Buscamos amores rentables. Yo también lo haré. Diré lo siento y perdóname y si a los treinta aún nos queremos, nos casamos, ¿vale? El bar está regentado por una pareja de chinos de unos cuarenta años. Se llaman Xian y Ming y me caen bien. Los domingos por la tarde el bar está medio vacío, me apetece que seamos su distracción. Lo único que podrán reprocharnos es nuestra absoluta falta de originalidad. Voy a ser igual que toda la gente dejando a otra gente.

Se lo explico más a menos así a Hugo y me dice:

—Pero ¿estás con otro?

—Que no.

—¿Seguro?

La idea de que yo esté con otro parece lo verdaderamente importante. Pase lo que pase, voy a negarlo.

—¿Y si nos damos un tiempo?

—¿Tiempo?

No esperaba esa propuesta, y entonces a él se le ponen los ojos como vidriosos. Va a llorar. Va a llorar. Por Dios, que no llore. Temo el llanto adulto desde que soy adulta y lloro.

—Dejemos pasar un tiempo, ni que sea el verano. Llevamos tres años. Piénsatelo bien, por favor, por favor, por favor —me suplica.

—Bueno, vale. —Corto rápido, accedo rápido.

Nos pasamos la tarde rememorando en voz alta, sobre todo él, nuestros picos románticos como si fuéramos un recopilatorio de éxitos de una gasolinera y estuviéramos llenos de polvo. Hasta nos reímos. Él me hace eso que se llaman bromas internas, que solo tienen sentido en el relato colectivo que formamos como *pareja*. Cómo vamos a dejarlo. Cómo vamos a dejarlo si nos queremos. Si nos queremos tanto tanto. Cada uno paga su parte y al cabo de una hora y media nos despedimos dándonos un beso largo en la boca, como si no hubiéramos quedado en un bar para dejarlo hace una hora. Él coge el metro porque vive dos paradas más allá de mi barrio.

De camino a casa, me digo: «Cobarde, procrastinadora».

Yaiza y yo estamos en la torre de mi abuela comparando el tamaño de nuestros muslos. Yaiza dice que ha engordado, pero yo no se lo noto. También dice que yo soy muy hija de puta porque siempre estoy delgada sin hacer ningún tipo de esfuerzo. Yaiza y yo nos conocemos desde que somos bebés. Hemos sido niñas y adolescentes a la vez. Nos hemos restregado con cojines alargados y peluches cuando no sabíamos que masturbarse era masturbarse. Lo que quiero decir es que siempre hemos estado juntas. Nuestros padres se conocieron de jóvenes en el barrio: frecuentaban discotecas vestidos con pantalones de campana y polos con cocodrilos bordados. A veces salían por el centro y aparentaban ser pijos. Cuando eran jóvenes, el padre de Yaiza, Jacinto, estaba enamorado de mi madre, pero eso no importa. Los amores prescriben y después todo el mundo hace como si nada. Los amores caducan por el bien de una convivencia pacífica. Si no fuera así, el ambiente sería sofocante. Ahora Mariloles está casada con Jacinto y todos somos muy amigos. En verano hacemos sardinadas.

Ahora también es verano y estamos en la torre, el mismo lugar en el que mi madre pasaba los veranos. Transitamos los mismos espacios que nuestros mayores, siendo otras distintas, y cuando ellos se mueren esos espacios adquieren otra dimensión. Los recuerdos se fabrican ahí: donde el ajuar bordado por mi abuela con las iniciales de mi madre, el bikini rayado que se ponía mi madre cuando tenía mi tipo, la figurita en honor al campesino que hay encima de la tele.

Esta casa es la segunda residencia de mi abuela, opción de veraneo de las familias como la mía. Antes, las familias trabajaban todo el rato para ahorrar un poco, pagarse un piso en propiedad y, con suerte y si se les daba bien, aspirar a una segunda residencia. Todo el mundo quería su terreno con un huerto y, tal vez, incluso piscina, y luego, automáticamente, te convertías en clase media. Ahora todo es distinto. Tengo veinte años. A mi edad mi madre estaba casándose, yo solo reclamo dinero y estar sola en mi cuarto. Toda mi familia *sube* a la torre. Lo decimos así, pero en realidad solo hay que *ir*. La torre está cerca, es periférica, a veinte minutos de Barcelona saliendo por la Meridiana. Está al lado de una floristería cercana al cementerio donde los fines de semana hay coches aparcados en doble fila y familiares preparados para saludar a sus muertos. El día de Todos los Santos se forman largas colas. Pasamos con el Seat Córdoba, conduce mi padre, yo siempre miro por la ventanilla, lo hago así desde hace años. Pienso: «Otro día que esa gente tampoco somos nosotros. Otro día que esos muertos tampoco son los nuestros».

—No lloréis por mí. Yo siempre ataúd cerrado. —Es mi padre. La misma frase otra vez. Mi madre niega con la cabeza y se miran como se miran las parejas entre las que ya no existe conexión alguna desde hace treinta años—. *Acordaros.*

—Acordaos, es acordaos —corrijo la gramática de mi padre como un impulso que no puedo frenar.

En la radio, el boletín semanal habla de violaciones «gravísimas» de derechos humanos en Palestina, con más de mil bajas de civiles. Por supuesto, es mejor que mi padre nos hable de su propio funeral a que mi madre haga comentarios culpables y antisemitas en el coche.

En la torre hay un huerto y habitaciones mal decoradas. Hay restos de las casas de todos mis tíos: cubertería vieja y variada, cojines con bolitas, estampados mal combinados. Nada encaja y eso es parte del encanto, eso dice mi madre. Qué masía ni qué masía. Esto es mejor que nada porque aquí nada es bonito y lo puedes estropear. Las casas son para vivirlas. No somos como esa gente que tienen alfombras o coches y no se pueden ni pisar, a mi madre le encanta decir todo eso. Mi madre odia los coches caros. Mi madre odia a la gente que se preocupa por sus coches caros. Le parece que esa no es forma de vivir. He pasado todos los veranos de mi vida en este lugar. Está lleno de gatos abandonados que no paran de reproducirse por nuestra culpa. Les damos restos de huesos y boles de leche. Los gatos maúllan y están hambrientos y siempre parecen llenos de enfermedades. Los vecinos de al lado tienen una montaña de basura. Hay restos de bicicleta oxidados, ratas correteando entre plásticos y metales tan afilados que podrían matar a un niño. A estos vecinos los llamamos «los gitanos» aunque no sean gitanos. Mi madre asegura que decir eso no es racista.

Desde la terraza de la torre se ve Barcelona como un manto enorme de bloques de hormigón. Los pinos altos amortiguan el ruido de la autopista que pasa por aquí al lado. No diría que esto no sabe a campo ni huele a campo, pero sin duda es lo más parecido. Nunca he hecho ningún amigo aquí, por eso siempre invito a Yaiza.

Yaiza dice que le da igual que a Cristian le hayan cambiado los turnos, que ella no piensa cambiarse la hora del gimnasio. Yaiza dice que Cristian ya se apañará. Ella tiene su rutina después del trabajo y no piensa cambiarla. Escucho a Yaiza, como solía escucharla, pero mientras me habla pienso cómo puede llevar seis años con su novio. No me imagino cómo puede vivir tranquila pensando que solo ha besado a un chico en todos estos años. Calculo que en ese tiempo yo habré besado a unos diez. Por ese motivo, yo me siento más independiente que Yaiza. Yaiza se muestra orgullosa porque dice que no es de esas que dejan de cuidarse cuando tienen novio: sigue maquillándose, haciendo spinning y gastando dinero en ropa.

Ella y yo íbamos cogidas del brazo al centro comercial cuando hacíamos primero de la ESO: mirábamos tiendas, y en la época de robar nos apropiábamos de baratijas de un euro (aros, piercings, calcomanías con brillantina) que colocábamos con una técnica cada vez más refinada en el interior de nuestros sujetadores push-up. Había suficiente espacio entre el relleno y las tetas. Era muy práctico. Luego, íbamos al McDonald's a merendar dos hamburguesas de un euro. En la época de mayor transgresión llegamos a pintar un grafiti diminuto.

N × L
Y × F

(y dos corazones razonablemente grandes)

Era un mensaje para nuestros amantes moteros. Nos trataron muy mal. Eso lo hicimos un viernes, después de clase. Cuando nos dejaron después de tratarnos muy mal, fuimos a tachar sus iniciales con Tipp-Ex. Quedaron los dos corazones y nuestras iniciales, la de Yaiza y la mía. A Yaiza se le ocurrió decir ese día que lo que más echaría de menos de tener un novio era sacarle pelusillas de dentro del ombligo. A las dos semanas, conoció a Cristian y ya nunca más volvió a hablar de otros chicos. Yaiza siempre caminaba muy digna, mucho más digna que yo, y siempre me controlaba la espalda porque decía que me saldría chepa. Yo seguía a Yaiza a todas partes, la habría seguido mil veces con los ojos cerrados. Y eso que muchas veces la aborrecía o me parecía demasiado vulgar. Yo sacaba siempre mejores notas que ella.

Aún así, la quería mucho, pero sus padres me querían mucho a mí porque decían que era una «buena influencia» y, sobre todo, no fumaba. Las dos fumábamos, en realidad. Cuando nuestros padres se enteraron de que las dos fumábamos dijeron que «al menos yo no fumaba porros». En eso llevaban razón. Otros puntos a mi favor eran que nunca me había hecho mechas en el pelo, ningún piercing, y que «hablaba con mucha propiedad». También que había sido elegida tres años consecutivos delegada de la clase. En otras palabras, yo era el buen camino, Yaiza el fracaso escolar.

Yaiza no hizo el bachillerto, y eso fue un golpe duro en su casa. Su madre me dio cuarenta euros para que los gastáramos en una tarde de chicas e intentara convencerla a toda costa. No lo conseguí. Nos compramos un bikini Roxy cada una y luego fuimos a cenar al Burger King. Yo intenté convencerla de que hiciera el bachillerato. Le dije que así tendría más salidas, que es lo que no paraban de repetir todos nuestros profesores en el año 2007, en el que ya se oía algo sobre el fantasma de los impagos hipotecarios en Estados Unidos y la crisis de hipotecas subprime. No teníamos ni idea de nada, pero parecía que lo importante seguía siendo tener una carrera. Le dije que conseguiría un mejor trabajo y un mejor sueldo. Le dije que, pese a la crisis y todo eso, ir a la universidad parecía siempre la mejor opción y que por eso tenía que estudiar bachillerato. El hijo medio tonto de la Enriqueta también iba a la universidad, cómo no iba a ir ella. Le dije que conoceríamos a un montón de gente nueva, interesante, distinta. Al menos, tendríamos que tomar el metro cada día. Ella me dijo que tenía clarísimo que quería ser esteticien en un Depiline. Me dijo que yo ya sabía lo mucho que le gustaba a ella sacarse los pelos enquistados de las piernas y las ingles. La verdad es que sí que lo sabía. La había visto cientos de veces arrancándose pelos con las pinzas en la piscina y en la playa. Nunca paraba de hacerlo. A veces se dejaba la piel roja porque no sabía cuándo parar. ¿Me ves los pelos desde aquí?, me preguntaba. Luego hacía la misma pregunta pero acercándose un poco más. Se le daba muy bien.

Hablamos tanto aquella tarde que al final se me olvidó lo que me había pedido su madre. Yaiza no iba a ir a la universidad, eso es lo que estaba pasando. Aquello, que en aquel momento fue un asunto crucial, al poco lo olvidamos. Aunque, en el fondo, yo pensaba que Yaiza estaba haciendo algo mal. También mi madre lo pensaba. La pusimos verde en casa un par de veces. Quizá más. Era una de aquellas veces en las que mi madre y yo nos alimentábamos la una a la otra. Normalmente hablábamos de la otra gente en la cocina, mientras mi madre preparaba la cena y yo troceaba algo de queso o fuet en la mesa, dejando el suelo lleno de migas. Cuando creíamos que la conversación había terminado, una de las dos decía algo más y siempre parecía la última cosa.

—¿Y tú te acuerdas de lo que se chuleaba la Mariloles con las extraescolares de su hija cuando erais pequeñas? ¡Y mira ahora! —decía mi madre con evidente inquina.

Mariloles alguna vez había insinuado que me estaba quedando atrás porque practicaba patinaje tres veces por semana, y a veces incluso cuatro. Parecía decirle a mi madre: «Mucho cuidado, que yo he apuntado a la mía a informática y a inglés, y en el barrio de al lado. Seguro que le va mejor. Hacer tanto deporte no puede ser bueno».

Criticamos tanto a los Muñoz entre las cuatro paredes de nuestra casa que casi parecíamos gusanos, y eso que, y supongo que precisamente por eso también, eran nuestros amigos más antiguos y más valorados.

Un día mi madre le dijo a la madre de Yaiza tomando el café:

—Bueno, Mariloles, lo importante es que cada una se dedique a lo que quiera. En esta vida tiene que haber de todo.

Y ella le dijo:

—Sí, guapa, pero bien que tus dos niñas van a la universidad.

Yaiza come zanahorias este verano, se las prepara en bolsas transparentes y se unta en aceite de coco. Se restriega el aceite hasta quedarse brillante, me involucra a mí en sus actividades, dice que este verano estoy blanca para lo que he sido yo. Las dos sabemos que estamos más buenas morenas, así que cada verano, desde que tenemos quince, cumplimos religiosamente con todos nuestros rituales estivales. Empezamos a ir a la playa a mediados de mayo o principios de junio, y cuando se acaban las clases, los fines de semana, nos vamos con mi familia a la torre, donde hay una terraza con césped y un par de hamacas, y nos refrescamos a manguerazos. Movemos la hamaca para aprovechar las horas de sol. Le explico a Yaiza que este verano he empezado tarde a ponerme al sol porque he estado con exámenes de la universidad, muy *liada*. Miento. No lo he hecho porque no he querido, porque he estado ocupada haciendo otras cosas, haciendo otros amigos. Los últimos meses he estado desaparecida, las tardes con la pandilla del barrio cada vez son más infrecuentes y a la mayoría de ellos no los veo desde la cena de Navidad. En cuanto al sol, es evidente que Yaiza me lleva ventaja y es evidente que se siente orgullosa por eso.

—Se nota que no fuiste en junio a la playa, estás superblanca. Yo ya no te dije nada porque como ahora hay que pedir cita para verte, hija —me dice, exagerando su pose dramática.

—Estaba liada. No hubiera podido ir. —Persisto en la mentira con algo de desgana.

Lo cierto es que no me importa en absoluto no estar morena este verano, o que Yaiza no me crea.

—Creía que ya no te veríamos el pelo, hija —agrega.

No soporto cuando utiliza la muletilla «hija» para dirigirse a mí.

Yaiza me pone al día de algunos de nuestros amigos del instituto. Ella sigue más en contacto con ellos y de vez en cuando me hace de intermediaria. Javier finalmente está estudiando ADE y parece que también está saliendo del armario. En el instituto nadie se creía su heterosexualidad, a pesar de que se esforzaba en liarse con chicas más guapas que él. Ahora frecuenta clubs gays, se ha apuntado al gimnasio y se ha comprado muchos cinturones y camisas de rayas. Eso dice Yaiza. Laurita se matriculó en Psicología, pero ahora se ha puesto a trabajar en una panadería porque su padre y su madre están en el paro. Laurita era una buena persona, pero jamás dejaría mi salud mental en manos de una persona que siempre parece triste. Tono está ocupado en un curso de auxiliar de enfermería. Tono era el clásico gracioso de la clase que, a veces, parecía que incluso excitaba a las profesoras jóvenes. Se crujía los dedos, apestaba a deportes de balón, lanzaba papelitos mojados en saliva. Todas las chicas se rendían a sus insultos. Y luego, Claudia. Claudia y yo fuimos muy amigas, tanto que Yaiza llegó a ponerse celosa porque decía que no contábamos con ella para jugar. Eso era en primaria, a la hora del comedor jugábamos a dibujar casas en la tierra. Ganaba la que pintaba la mejor casa: mejor distribuida, más grande, con mejores muebles de mentira. El juego consistía en ser anfitrionas en casas hechas de tierra. Ahora que lo pienso, era un juego de mierda. Cuando cumplí catorce años, me di cuenta de que Claudia simplemente me caía mal y me arrepentí de todo el tiempo invertido con ella.

Yaiza me dice que está organizando una cena para que nos juntemos todos antes de que cada uno haga planes en verano. «¿Vendrás, no?», me dice. Le digo que sí, aunque en realidad no lo sé.

Leer el horóscopo tumbadas al sol es otro ritual del verano que cada vez aborrezco con mayor intensidad. Yaiza cree firmemente en los astros, se presta estoicamente a ellos, las predicciones son para ella profecías que se encarga de cumplir. Si su horóscopo, que es Géminis, dice que el 24 será su noche, ella va y prepara para el 24 una cena romántica para su novio, Cristian, decorada con el mejor mantel y velas aromáticas de vainilla. Yo escucho sus predicciones desde el escepticismo, historias accesorias a mi vida que a veces encajan y otras no. Le digo a Yaiza que todos los horóscopos podrían hablar de mí y de todo el mundo. Que no somos especiales, por haber nacido en un mes o en otro, aunque el horóscopo nos haga creer que sí. Que los horóscopos se los inventan personas, mujeres. Yaiza ignora lo que le digo y lee Aries y dice que vivo atrapada en entusiasmos concretos y pasajeros y que ambiciono siempre cosas que no tengo y que no paro hasta que las consigo. Me mira con los ojos muy abiertos.

—¡Cómo va a hablar de otra persona! ¡Habla de ti!

Niego con la cabeza.

—Es ridículo que creas en eso.

En un cajón de mi abuela, he encontrado una gorra verde de Caixa Penedés un poco descolorida que me hace juego con el bikini. Yaiza se ha traído el set de maquillaje por si salimos después, la revista *Cuore* y unas gafas de sol que dice que son nuevas. Mientras me habla, se toca el piercing de la boca, le da vueltas hacia dentro y hacia fuera. Lo hace con una destreza que me resulta absolutamente relajante y familiar. He visto tanto esos gestos, he estado tanto tiempo cerca de esa cara, he pasado tantos veranos haciendo exactamente eso mismo, que estar así, otra vez, me produce una sensación de continuidad y certidumbre, me entra la pereza. Yaiza pega un brinco porque hay una avispa revoloteando a nuestro alrededor. Yo hago eso que se supone que dicen que hay que hacer: permanecer inmóvil.

—Quita, coño.

—Tía, no te muevas, que la tienes ahí —le digo, tranquilizadora.

—Hija de puta, hija de puta. Me va a picar.

No hay forma de tranquilizar a Yaiza, que ya se ha levantado y da vueltas por toda la terraza calzándose las chanclas. Su voz es ligeramente ronca, y cuando grita y suelta tacos, un poco más. Yo la miro desde abajo, manteniendo el tipo, tapándome los ojos con el brazo para que no me dé el sol. Nos estamos riendo cuando se asoma mi abuela para regar sus geranios. Mi abuela me dice con Yaiza delante, y solo mirándome a mí, que esta es una «alborotadora» y que le encanta montar el espectáculo. Desde que Yaiza dejó de estudiar y tiene un piercing en la boca, mi abuela dice que a Yaiza solo le interesa «el baile» y llamar la atención. Dice «el baile» como si solo hubiera un único baile, el definitivo, el baile de las malas influencias. También dice que nos tapemos porque estar tan negras es de pobres. «Tú a lo tuyo, tú ocúpate de tus deberes del colegio y tus cosas», me dice como si Yaiza fuera una enfermedad contagiosa. Insisto a mi abuela en que ya no voy al colegio y en que en la universidad no hay deberes en verano, pero esa información es tan líquida que le dura dos horas.

Cuando mi abuela se pone así, me exaspera y me entran ganas de defender a Yaiza y todos sus escándalos: como la vez que la tuve que subir en la litera del camarote en un crucero por el Mediterráneo porque Yaiza se emborrachó y estaba lanzando al mar mobiliario del barco. Sillas aterciopeladas, lámparas, mesitas. Era la noche del capitán y Yaiza quería llamar la atención de un grupo de sevillanos porque Cristian no le contestaba a los mensajes. Surtió efecto. También me da ganas de defender su piercing de bolita de color blanco, que yo nunca me haría porque me parece vulgar pero el cual acompañé a hacerse en una tienda del centro. Falsifiqué la firma de Mariloles porque eso es lo que hacen las amigas. O la vez que fuimos a Urgencias porque Yaiza se había partido una ceja al caerse de un banco a las cuatro y media de la tarde a la entrada de una discoteca light de Pedralbes. Ese día obligué a Yaiza a comprarse unos pantalones Samblancat y un collar de perlas. Me dijo que había sido el peor día de su vida. Pero, sobre todo, cuando mi abuela critica a Yaiza me apetece contarle con todo lujo de detalles que las dos enseñábamos el tanga en la ESO para que los chicos se fijaran en nuestros culos cuando estábamos sentadas en los pupitres. Tangas de hilo de todos los colores.

La avispa se ha ido y mi abuela se aleja cantando algo que no reconozco, con la voz entrecortada y el bolsillo de la bata lleno de malas hierbas. De vez en cuando hace pausas demasiado largas, cosa que significa que se ha perdido y probablemente no sepa cómo continúa la letra.

Tres moricas tan lozanas
iban a coger manzanas
y hallábanlas tomadas
en Jaén:
Axa y Fátima y Marién...

Pierdo definitivamente el hilo musical de mi abuela y Yaiza me interrumpe con un dato de la *Cuore*. Dice que los hoyuelitos que tengo en la espalda, a la altura de la cintura, significan que soy una buena amante, y que dentro de esas muescas hay un canal venoso que favorece el orgasmo femenino. Me asegura que lo tienen muchas modelos y que es señal, dice, de cuerpazo. Es un estudio del Department de Anatomy de la Faculty of Medicine de Turquía, me dice con su inglés de 3,5. Se ríe de forma nasal y ruidosa, no sabe reírse de otra forma.

—¡A partir de ahora les llamaré tus hoyuelos del folleteo!

—No sé si tiene mucho sentido el estudio —me muestro dudosa—. ¿No te cansas de leer la *Cuore*? En serio, ¿por qué no lees otras cosas?

—Déjame. Nunca has follado sin tus hoyuelos, no sabes si son mágicos. Yo me creo que son mágicos. Yo me creo Turquía.

—En fin —contesto mientras pienso en todas las veces que no me he corrido en mis relaciones, y en las que he preferido masturbarme yo sola. Son demasiadas—. Absurdo.

—¡Que no! Eso explicaría por qué le gustas a todos los chicos —insiste Yaiza, completamente excitada con ese nuevo dato sobre la anatomía humana.

—Esas revistas solo se inventan cosas para hacernos sentir o muy bien o muy mal. —Le muestro la página de al lado, con una imagen de la novia de algún famoso en la playa; pone «argggghh» sobre unas piernas celulíticas—. ¿No te parece un poco ofensivo?

—No seas aburrida. Acabamos de dar con la clave de tu éxito con los hombres y te pones aburrida. Te odio cuando te pones aburrida —dice Yaiza apartando la revista y girándose levemente hacia el otro lado de la hamaca.

—Si tú no triunfas, Yaiza, es porque estás *como casada* —le digo, entrando al trapo; sé que a Yaiza le gusta recordarme, a veces con un poco de rabia, lo mucho que atraigo a los chicos—. Tu relación de seis años impide que te vean como alguien deseable, ¿sabes?

—¿Tú crees? Pues hija, yo no sé cómo lo haces, que nunca estás en el mercado pero estás. Siempre tienes novios pero nunca el mismo novio. No sé cómo se hace eso. —Hace una pausa, y se echa a reír—. Bueno, sí sé cómo se hace.

—Yo no hago álbumes en Facebook con el título «Escapadita con my love» —contesto, seca.

—Vale, o sea, es cuestión de esconderlos.

Yaiza sostiene la teoría de que estoy pero no estoy porque encadeno relaciones amorosas desde los catorce años, una detrás de otra, a veces con solapamiento incluido; esa es nuestra forma suave de llamar al adulterio: solapamientos, transiciones humanas, *fade out* con *acompañamiento*. Yaiza dice que voy de *liberal* e *independiente* pero en el fondo tengo tantas ansias de novios como ella, que al menos tiene uno, uno solo, prolongado en el tiempo, y nunca, nunca le ha puesto los cuernos. No creo que tenga razón, le he explicado miles de veces que muchos de los novios que yo tengo, en realidad, son entes pasajeros, figurantes que están por ahí pero con quienes no tengo vínculos tan sólidos, relaciones serias. Nunca pienso en casarme con ellos; Yaiza lo piensa todo el rato. A veces creo que los chicos con los que he estado desde la adolescencia han sido mi forma de acceder a algún tipo de conocimiento nuevo o a alguna ventaja. Con mi primer novio aprendí mucho de rap —le gustaban Nach y Violadores del Verso, su regalo de segundo de la ESO fue un fotomontaje nuestro con la canción de fondo «Vivir para contarlo»: estupendo—; con el segundo, entrábamos gratis a Port Aventura —trabajaba en las taquillas, vivía en Tarragona y tenía un quad: la última vez que follamos lo hicimos sobre un quad hirviendo en pleno verano, él debía de pensar que estábamos en una película porno porque me levantaba y me separaba las piernas de tal modo que yo no sentía absolutamente nada—; con el tercero, fui a los Pirineos; había hecho un curso de monitor de ocio y tiempo libre, le gustaban la naturaleza, los niños del Cau, Palestina y Kortatu; también le dejé y lo cambié por otro. Ese fue el último antes de Hugo, mi relación más larga. Yo le digo a Yaiza que ella es más comprometida: le basta con ir con su novio a la pizzería del barrio y piden dos pizzas y un coulant de chocolate para compartir y el camarero ya les conoce y hasta les saluda por sus nombres. Yaiza proyecta su vida con Cristian con hijos para los que ya ha pensado nombres, un piso decorado de Ikea y un coche familiar. Además, él tiene treinta y tres años y dice que lo que más le gusta de Yaiza es que es muy madura. Conozco a Yaiza y sé que es cualquier cosa excepto madura. Para mí esa es la prueba de que ese hombre no es de fiar. La vida de Yaiza me recuerda a una de esas casas prefabricadas que te traen con una grúa, y su novio, la mayor parte de las veces, me repugna. Por supuesto, nunca se lo he dicho en esos términos.

—Mira, yo no hablo tan bien como tú, pero esto que me cuentas a mí de los entes pasajeros y los no novios, todo eso, también deberías contárselo a Hugo. Hugo está coladito por ti, y yo creo que él preferiría un álbum de fotos a su nombre —me dice ella, media sonrisa, sacándose un papel y un cigarrillo de la mochila. En ese momento me doy cuenta de que aún le tengo que explicar todas las novedades sobre Hugo—. Si me lío un porro, ¿se dará cuenta tu abuela?

Mi madre. Que dónde está Hugo. Le explico que, como todos los veranos, ya se ha subido a su camping de Lloret de Mar, donde su familia tiene una parcela y una caravana. Este verano Hugo ha acabado el bachillerato porque repitió segundo. Intenté que aprobara dándole clases particulares, pero nos pasábamos todo el rato en la habitación. Cuando mis padres no estaban, mi hermana y yo nos encerrábamos en los respectivos cuartos con los respectivos novios y no salíamos hasta las ocho de la tarde. Cada una en una punta del pasillo, salíamos despeinadas y con coloretes naturales. A veces cambiaban los novios, pero nunca las rutinas. Le decía a Hugo «rosa, rosae, rosam», y entonces él me colocaba mi mano encima de sus pantalones: «Mira cómo estoy ya». Y yo «Hay que estudiar». Y él «Solo una rápida. Una mamada rápida. No te cuesta nada. Soy tu novio». Por supuesto, nunca se aprendió las declinaciones del latín. Por supuesto, lo suspendió todo.

Yo casi siempre accedía a la mamada para superar cuanto antes esa fase. Además, siempre he creído que practico mamadas con mucho talento, o es que todas nos sentimos muy talentosas haciéndoles mamadas a los chicos. En internet leí que hay que llegar a la arcada o nada. También leí que hay que tragar el semen, nunca escupirlo, mientras miras de forma sexy a tu amante. Mis fuentes eran un artículo titulado «Cómo hacer que tu chico se corra en dos minutos o menos» y mi amiga Bárbara Saruso, de 3.º B. A veces nos acostábamos solo porque yo tenía calculado que así me dejaba más tiempo tranquila y podíamos recuperar el estudio antes. Él siempre acababa diciendo que había sido increíble, realmente se pensaba que los dos nos habíamos corrido a la vez, como en una película romántica.

Ahora Hugo, el chico cuyo semen he ingerido en mayor cantidad, se ha matriculado en un ciclo de Formación Profesional para ser entrenador personal. Mi madre: «Hugo tonto no es, lo que es es vago. Si quisiera podría sacarse una carrera. Si quisiera». Le explico a mi madre que tampoco pasa nada por hacer FP. Esta discusión la hemos tenido miles de veces, pero no quiero tenerla otra vez. Pasó con Yaiza también.

Mi madre. Otra vez. Que si este año no subo yo al cámping con Hugo o que por qué él no está viniendo a Barcelona. Le cuento que este verano no creo que pueda ir, que con *todo* no tengo tiempo. «¿Qué es *todo*?», pregunta. «Doy clases particulares para sacarme algo de dinero, ¿recuerdas?; luego tengo lecturas de la universidad pendientes, quiero quedar con mis *amigos de la universidad* y quiero ver algo a Yaiza, los amigos del barrio, todo eso, mamá, todo eso, estoy superocupada.»

—¿No lo habréis dejado, ¿no? Si lo habéis dejado no pasa nada, las cosas son como son. Pero tú no quedes mal con la familia, que te quiere mucho.

Estamos en el Carrefour y no me apetece explicarle lo que está pasando desde hace meses. Ya me arrepiento de haber accedido a acompañarla. Tengo cara de hastiada, como inexpresiva.

El murmullo de la gente en los grandes supermercados me da dolor de cabeza ese verano. Sujeto el carro con desgana, mi madre compra y encuentra gangas con una efectividad asombrosa. Reserva algunos productos para las tiendas del barrio. «Esto lo compramos en mi frutero, que sale mucho más barato. ¿Esto no estaba de oferta? Pues el catálogo estaba mal. Ten, coge tus yogures, están ahí.» Yo la sigo por todos los pasillos del supermercado y atiendo a sus indicaciones y órdenes más como autómata que como hija. Arrastro los pies y llevo el pelo mal recogido. Ella se mueve como una acróbata y a la vez me da conversación.

—Si solo estoy preguntando, hija, si es lo normal. No sé si os ha pasado algo, no tienes por qué decírmelo, pero bueno.

—Sí.

—Ponte recta.

—Que sí.

—Por cierto, ¿sabes Luisa? Te dije que se descubrió todo: el marido era mi podólogo, ¿te acuerdas? Me quitaba las durezas de los pies. De repente, un día, cierran la clínica que tenían en el barrio. A mí eso me olía a chamusquina. Además, yo me enteré porque tenía que ir a hacerme los pies y de un día para otro ya no hay clínica. Todo muy, muy raro. ¿No te parece muy raro?

—Por favor, qué pasa.

Mi madre es incapaz de ser breve.

—Te estoy contando la historia.

—Siempre haces igual. Me cuentas detalles irrelevantes.

—¿Qué detalle irrelevante te he contado?

—Lo de las durezas de los pies, por ejemplo.

—Es que te estoy explicando que es mi podólogo. No es el mismo que me operó de los juanetes hace un año, este es el que me hacía las durezas de los pies. Este era nuevo porque era más barato.

—Otra vez lo estás haciendo. ¿No te das cuenta de que la historia no avanza?

—Ah, que la historia no avanza, doña lista. Mira, ya no te cuento nada.

Cuando era niña, ir al Carrefour era una excursión bastante excitante, normalmente mi hermana y yo acompañábamos a mi madre el fin de semana. Mi padre solo se sumaba a veces, cuando no tenía que trabajar. La recompensa después de las compras en el centro comercial era comer dos Happy Meals. En el Carrefour nos comprábamos la ropa hasta que mi hermana y yo acordamos que vestir del Carrefour era algo *cutre*. Cuando nos apuntaron al concertado de curas para el segundo ciclo de la ESO tuvimos que aprender a rezar el padrenuestro y a fijarnos en las deportivas de moda, algo que hasta entonces no habíamos hecho porque en la escuela pública éramos, con diferencia, las alumnas con ropa más variada. Íbamos tan bien de ropa que mi madre llevaba a la iglesia la ropa que ya no queríamos. Mi amiga ecuatoriana Zanea estuvo años poniéndose una sudadera de Piolín que yo había descartado porque me parecía demasiado infantil para mis nueve años. Cuando vi que la tenía ella y que se paseaba por el colegio y que encima le quedaba muy bien, me enfadé con mi madre y le dije, con voz repipi:

«Me has causado un trauma vital». Mi hermana suplicó durante meses por unas Nike y luego unas Puma hasta que mis padres accedieron a comprárselas. Yo solo tuve que pedirlas. El camino estaba hecho.

Ese día de mediados de junio, persigo la sombra de mi madre por los pasillos y deseo que acabe la compra, me arrastro como si tuviera menos edad de la que tengo. Aunque estoy de vacaciones, me noto cansada. Ni siquiera sé por qué he venido. Tendría que estar haciendo otra cosa, quizás alguna actividad más intelectual. Tal vez leer. A veces me permito la licencia de pedir comida de alguna marca y no de marca blanca.

—¿Lo vas a pagar tú? —me pregunta mi madre, cejas arqueadas, mirada de reprobación.

Me callo otra vez y sigo deseando que llene el carro cuanto antes y nos marchemos de allí.

—Ayúdame, a ver si te crees que hacer la compra es mi hobby favorito —me dice.

Pienso, en ese momento, en los hobbys que tiene mi madre y no me viene ninguno a la cabeza. Realmente pensaba que comprar era su hobby favorito. Si sigo arrastrándome por el supermercado, estoy convencida de que acabará por llamarse su insulto favorito: «Tonta del bote».

—¿Y maki? ¿Podemos comprar esta bandeja de maki? —intervengo apuntando a un paquete de veinte piezas.

Cuesta 18 euros.

—¿Desde cuándo te gusta *eso*? Nunca te ha gustado la comida exótica.

—No es tan exótica —murmuro.

Nos ponemos en la cola del Carrefour para pagar, hay cinco cajeras y se oye el sonido de las máquinas pasando por los códigos de barras. Me entretengo mirando los snacks que te conducen a la caja registradora: gominolas Haribo, chocolatinas, patatas fritas. Al otro lado de la fila está la sección de libros del Carrefour con el último bestseller de Dan Brown y todos los libros de Harry Potter y libros juveniles de autores que no reconozco, la mayoría con portadas que no me gustan y títulos en letras cursivas como *Secretos de una mujer, Cuentos solidarios, El día que el cielo se cayó* y la colección de Federico Moccia en destacados. Al inicio del verano, mis padres aprovechaban un día de compras en el Carrefour para obsequiarnos, a mi hermana y a mí, con el regalo de las buenas notas —muñecas Barbie, patinete, Furby, alguna ropa de marca— y con un libro escogido al azar basado casi siempre en nuestro criterio estético de la portada.

Observo que mi madre se está fijando en un niño de unos tres años que corretea por el pasillo, rubio y de pelo rizado y sonriente, uno de esos niños que son réplicas de otros niños. El niño capta la atención de los adultos porque los adultos siempre están encantados de tener a personas pequeñas que les hagan más soportables las actividades del día: comprar, desplazarse a sitios, entregar documentación, esperar en salas de espera. En todos esos lugares, los niños, las personas pequeñas, están bien para amenizar. Mi madre y otros tantos adultos sonrientes siguen las andanzas del niño, que lo está dejando todo hecho un cristo con total impunidad.

—Mamá, ¿por qué nos llevabais al Carrefour a comprar libros? —suelto yo de golpe—. ¿Tanto os costaba llevarnos a *librerías*? La gente normal compra libros en librerías, no en el Carrefour.

A mi madre se le quita la sonrisa por el momento niño y frunce el ceño. Me mira. No logro recordar cuánto se alarga mi discurso sobre las librerías y la importancia de comprar en librerías porque, ¿sabes, mamá?, los libreros te recomiendan libros y quizás autores de los que nunca he oído a hablar a mi edad y debería haber oído hablar ya, de hecho debería haberlos superado, a mi edad, a mi edad, a mi edad, Salinger, Bolaño, Austen, Yeats, Kafka, Bukowski, Dostoievski, Woolf, Plath, los estoy conociendo ahora y por casualidad, mamá, sin ningún orden ni rigor, suerte que existe internet, qué tarde es para todo, mamá, las librerías, mamá, qué importantes son. He perdido toda mi vida leyendo literatura juvenil y ahora todo es un desastre.

—Pero ¿qué estás diciendo? —Mi madre farfulla algo que no comprendo—. ¿La gente normal? Ahora seremos *anormales*, si te parece.

—Solo digo que...

—Te quejarás de libros. Tienes un montón. Nunca te hemos puesto pegas, te hemos dicho siempre que compres lo que quieras. ¿O no? Aquí hay de todo, ¿no hay de todo aquí?

—Es igual.

Luego se desvía un momento de la cola, se acerca a la sección de congelados y coge tres pizzas congeladas para la cena. Las coloca bruscamente dentro del carro.

—¿Tus favoritas, o ya tampoco?

El verano transcurre entre la torre y el barrio y el barrio y la torre. Nunca hacemos nada especial: ir a la tienda de chucherías de la Rambla, comer pipas en un banco, fumar cigarrillos en la puerta de la biblioteca y, de vez en cuando, ir al centro. Este verano, además, me estoy sacando el carné de conducir. Es el regalo adelantado que me han hecho por mi veinte cumpleaños. Mi madre me dice: «Me lo agradecerás dentro de unos años cuando seas una mujer *independiente*, yo me saqué el carnet muy joven, me lo pagó tu abuelo, ninguna de mis amigas lo tenía, todas se lo sacaron de casadas, yo, en cambio, soltera, un avance, la gente mayor luego no tiene tiempo para sacarse el carnet y se convierte en un incordio, ya verás, te lo estamos pagando, aprovéchalo. Lo mejor es sacárselo cuanto antes, como la varicela».

La profesora del teórico se llamaba Rufina. Todos los pupitres están ocupados por gente de mi edad, excepto un señor barrigón de unos sesenta años, de la Asociación de Vecinos. Cada pregunta que hace, Rufina le contesta: «Ramón, no preguntes más. Sabes que estas clases no son obligatorias, ¿verdad?».

En verano Ramón suda como un cerdo, le caen goterones desde la espalda hasta la raja del culo. Siempre parece que está borracho. También hay una chica joven, de mi edad o tal vez un poco mayor, que se llama Mari Luz y parece colombiana. Siempre le asoma el bikini por debajo de la ropa. Su novio, motero, la espera en la puerta, a eso de las once de la mañana. La recoge y se marcha. Yo siempre me los imagino largándose a la playa a darse besos, pero un día Mari Luz me explica que se van a la casa de su hermana, a una piscina comunitaria. Misterio resuelto. Es lo más emocionante que pasa en la autoescuela Lapsus.

En las últimas filas siempre están los gamberros, como si fuera la última fila del colegio. Los conozco a todos de vista: el Pecón, el Castejón y el Marino. Ellos tienen veintidós, así que son algo mayores que yo y en el instituto conformaban ese grupo tan temido y admirado de los repetidores sexys. Algunos de sus hermanos estudiaron con mi hermana. El Castejón pequeño es hermano del Castejón militar y se sabe que su padre una vez pegó una paliza a su novia delante de todo el mundo a las puertas de La Factoría. El Marino es el hijo de los panaderos, una familia muy solidaria que siempre colabora en los desfiles de carnaval y regala pan gratis a los inmigrantes del barrio. Se está quedando calvo mucho antes de lo previsto. Se lo diré a Yaiza, que a ella le gustaba. Y el Pecón es alto, delgado y de brazos atléticos. Es muy listo, al parecer. Es de los que sacaba buenas notas sin estudiar nada. Hizo un FP de Electricidad y se dice que estuvo liado con la profesora de inglés, veinte años mayor que él. Cuando lo veo por primera vez en la autoescuela, pienso que es muy guapo de cerca y que sus manos se parecen a las de mi padre.

Me pongo camisetas más ajustadas los días de autoescuela. Me siento en una fila anterior a la de ellos y hago como que no los miro. Noto que sus miradas me siguen desde el top hasta las sandalias de dedo. No sé si me gusta o solo es que me aburro. Ellos hablan y ríen detrás de mí de formas bruscas e incomprensibles, creo que dicen mi nombre pero tampoco podría asegurarlo. Se pegan codazos y emiten sonidos medio guturales tapándose la boca con el puño.

Lolololo.

Me acomodo el pelo y contesto obediente a todas las preguntas de Rufina. Realmente me tomo la autoescuela como si fuera el instituto. Oigo que dicen que yo soy la hija de Pepe y Luisa y que estoy «bastante buena». A mi padre todo el mundo le conoce porque es conductor de autocares en Afilo Excursiones y porque ha estado en las bodas y convites de mucha gente del barrio. Mi padre se queda dormido en el autocar mientras la gente está de fiesta y suena «Paquito el Chocolatero». Luego, personas con pelucas de colores y completamente borrachas se suben de nuevo y mi padre las lleva de vuelta a casa. Mi padre es un hombre serio, de seis o siete palabras por hora. Nunca lo he visto bailar, hablar mucho tiempo seguido o contar una anécdota divertida. A veces, parece estar recubierto de una capa de yeso. Los días que está más cansado habla con tal desidia, en un volumen tan raro, que parece que hable otro idioma. En esos días nadie se comunica con él y él tampoco parece echarnos de menos. Este verano todo lo que hablamos tiene que ver con la autoescuela. El juego del embrague es la clave de todo, me dice. Yo le digo que sí. O variaciones monosilábicas. Sí, bueno. Sí, vale. Sí, claro. Es que si no hablamos del embrague, no hablamos de nada.

Mi padre tiene todos los carnets de conducción. Toda la cartilla llena. Motocicleta. Coche. Camión. Bus. Remolque. Debe de ser un alivio tener la certeza de que en cualquier momento puedes fugarte por carretera de múltiples formas, en una variedad increíble de vehículos. Es un poco como prepararse para el apocalipsis, papá. ¿Te das cuenta? Si el mundo se desmorona, pero quedan carreteras, unas pocas, y unos pocos vehículos a motor, tú podrías llevarme a cualquier sitio. Rápido y lejos. Si me estuviera muriendo, si estuviera a punto de tener un bebé, si estuviera en medio de un peligro tremendo, podríamos tomar cualquier vehículo de tierra y tú podrías llevarme a cualquier lado y yo estaría a salvo. Nos imagino en un tanque cruzando una frontera en pleno conflicto bélico mientras yo amamanto a un bebé recién nacido con la ropa desgarrada y cazas sobrevolando la ciudad. Qué bien conduces, papá. Sobre todo cuando aparcas con una sola mano mientras fumas.

Una vez, a los doce años, le explico todo esto a mi padre, medio exaltada. Gané un concurso de sexto curso con esa ficción en la que los dos escapábamos del apocalipsis gracias a todos sus carnets de conducir. Acompañé el texto con unas viñetas que yo misma dibujé a rotring imitando a un cómic manga. Mi padre era un héroe fumador que ocupaba casi toda la página y tenía unas piernas enormes. Me dibujé a mí misma como una especie de Sakura con un atuendo rosa, entre erótico e infantil. Todo el mundo me felicitó por la obra, mi maestra de dibujo dijo que tenía una traza adulta y, sin duda, prometedora.

—Los carnets son para trabajar. Qué exagerada —respondió mi padre el día que le mostré las páginas del cómic.

Las observó con detenimiento y no supo qué más decir.

—Es como la gracia, papá.

Yo sé que guardaba una copia del cómic enrollada como un pergamino en la guantera del autocar. Él nunca me lo dijo, pero se lo oí decir a mi madre.

Ahora Rufina mira a los chavales, en cierto modo molesta. No le dejan explicar las rotondas y glorietas. Uno de ellos alza el brazo y pregunta: «Rufi, ¿qué significa alameda?». Yo me giro para mirarlos. El más guapo se está riendo y me guiña un ojo y se muerde la lengua y en ese momento su cara se parece a la de esos atletas que muerden la medalla encima del podio. En este caso, la medalla es su lengua. Al instante me parece menos atractivo. Compruebo que lleva una camiseta de tirantes blanca de esas que parecen interiores pero que todos los chicos se ponen exteriores. Hugo tiene una de esas. Me repito en voz flojita «alameda». Decido que me saltaré el resto de las clases teóricas y me presentaré directamente al examen.

Si alguna vez Luludearriba tuvo apellido, lo olvidamos rápido. Lurdes es la vecina de mi abuela y vive en el piso de arriba. La llamamos así: «Voy a ver a Luludearriba. Hoy comerás con Luludearriba». Lulu y mi abuela son amigas desde siempre. Pero no amigas de pedirse sal: la amistad entre señoras trasciende todo eso. Las dos tienen las llaves de la otra, lo que significa que acceden a la vivienda de su amiga sin necesidad de preguntar. Cuando están girando la llave, lanzan un grito de «Hola, ¿quién hay por aquí?» y directamente ya avanzan por el pasillo. Lurdes y mi abuela también se critican a las espaldas y a la cara, la confianza es como una masa uniforme que se ensancha y deforma a medida que la practicas. Así que ellas se han ganado la total potestad de llamarse chafarderas, pesadas, sordas, feas, atontadas, gordas, metomentodos, zamponas, tragonas, simplonas, cabezonas, envidiosas. No se ofenden, y si se ofenden lo olvidan rápido. Lulu y mi abuela también acogen a los nietos de la otra sin preguntar. Colocan a los críos en la puerta y luego llaman al timbre. «¿Te importa? Tengo que salir a hacer un recado.»

Y así se las arreglan. También comparan la belleza de cada una, comentan cómo la vejez hace mella en ellas y en ese sentido son muy generosas: «Para la edad que tiene, hay que ver cómo está tu abuela, está mejor que yo». Luludearriba, en realidad, es una extensión de mi abuela. Me ha visto crecer, y cuando piensa que me ha visto crecer y que ahora ya tengo tetas y soy lo que se dice una mujer, se echa casi siempre a llorar.

Siempre que la ocasión lo requiere mínimamente, despliega su artillería para el melodrama: pañuelo de tela arrugado en un bolsillo, sonido ruidoso al sonarse los mocos, leves toquecitos con el pañuelo por debajo de los ojos, mirada como al cielo. Mi abuela odia eso de expresar tanto los sentimientos, igual que odia a Yaiza cuando corre detrás de una avispa en traje de baño o cuando aquel verano, el de los trece, le dio por practicar danza del vientre en la torre, haciendo esos movimientos de cintura sutiles, enseñando el ombligo. Todo eso a mi abuela le pareció extremadamente vergonzoso. Se echaba las manos a la cabeza y decía : «Ay, ay, ay. El barrio se ha llenado de moros y ahora esto». A Lulu, en cambio, nada de eso le molesta. Es distinta, más llamativa y un poco bruja. Hoy, por ejemplo, lleva una camiseta con brillantina en la que se lee «Dream. Believe. Achieve». Cuando perdemos algo o estamos preocupadas por algún asunto, la llamamos para que nos ponga alguna vela o nos haga el conjuro de san Cucufato.

San Cucufato, san Cucufato,
los cojones yo te ato.
Si no me devuelves lo que busco
no te los desato.

Una vez al año, Lulu va a Montserrat a darle las gracias a la Virgen o a pedirle favores. Siempre se acuerda de nosotras y le exige a la Virgen que sigamos sacando buenas notas. Siempre ha sido vecina de mi abuela. Llegó a Barcelona de Granada, en los sesenta, con cuatro hijos. Al principio vivieron en las barracas de Torre Baró, a la salida de Barcelona, en el mismo sitio donde vivía mi padre, en casas baratas sin electricidad ni luz amontonadas de forma anárquica en lo alto de una colina. Algunas de esas casas las fabricaban los hombres de la casa con sus propias manos. La barraca de Lurdes la construyó su marido.

La familia de mi madre no tuvo que pasar por las barracas, tenían algo más de dinero después de vender todas las tierras en Jaén, así que directamente llegaron al barrio por recomendación de un paisano del pueblo. Primero vivieron diez en un sótano, que era la trastienda del colmado que regentaba mi abuela. En el sótano vivían los seis hermanos de mi madre y también unas primas del pueblo. Cuando ahorraron algo, al cabo de cinco o seis años, pagaron el piso al contado en el bloque donde estoy ahora mismo. Es el bloque de mi abuela y de Lulu y lo considero más o menos mío porque es aquí donde básicamente he hecho casi todos los deberes con alguna telenovela de fondo: *La Usurpadora*, *Rubí*, *Gata salvaje*.

—¿Qué, mi niña? ¿Cómo te va la universidad? ¡Qué orgullo más grande! —exclama Lulu mirando a mi madre, señalándome de arriba abajo como si fuera una especie de caballo de carreras.

—Licenciada en Derecho o Abogacía, como leches se llame. Eso es muy importante —salta ahora mi abuela.

Entre Lulu y ella también existe una suerte de rivalidad: cuando una dice algo sobre mí, la otra debe superarlo.

—Yo creo que esta niña acabará en la televisión, porque habla muy bien. Yo lo he visto en los programas como el de Ana Rosa. Salen abogados y periodistas. Yo creo que son abogados o periodistas —añade ahora Lulu sin dejar de mirarme y menear la cabeza de un lado a otro. Me siento observada.

—¡La primera licenciada! Bueno, y tu primo Manuel, porque es dos años mayor —sigue mi abuela, reflexiva y como haciendo cálculos.

—Bueno, ahora, con el Plan Bolonia, ya no son licenciados. Ahora se llaman graduados, mamá —interrumpe mi madre dirigiéndose a mi abuela—. Yo este plan no lo acabo de entender, es lo mismo pero más caro y encima a mí no me suena igual de bien. Qué quieres que te diga. Graduada me parece menos que licenciada. ¿No te parece a ti menos?

Mi madre me mira ahora, todo el Plan Bolonia le genera muchas dudas, a mí también. Durante el curso fui a una manifestación estudiantil contra la privatización de la educación. Al menos, sostuve una pancarta que decía eso, aunque tampoco tenía muy claro qué significaba. Mi madre me sigue mirando con las cejas arqueadas, esperando alguna explicación por si yo sé algo más del tema. Yo la miro con cara de sueño. Explicar el Plan Bolonia delante de Lulu y mi abuela, que se está quedando medio dormida, me parece la peor idea de la tarde.

—¡Esta niña puede conseguir lo que quiera!

Lulu nos hace el favor de cambiar de tema para seguir hablando de mi futuro. Mi madre se acerca para darme un beso en el hombro y yo la aparto.

—Quita, quita.

—¿Dónde está el novio? —toma nuevamente el relevo Lulu, tocándose el pecho con una mano y mirándome con cara de que realmente necesita una respuesta.

Mi madre también me mira con la misma cara.

—No sé si tengo novio —decido contestar sin pensarlo demasiado.

Lourdes se ríe porque cree que estoy de broma, aunque en realidad, no. «Ay, bendita, qué ocurrencias tiene la niña», dice algo así. Mi madre me mira con cara sorprendida y de que ya hablaremos después. Mi abuela no habla porque se está durmiendo en una silla, se le cae la baba y me parece un alivio que se esté perdiendo esta conversación.

Desde el rincón del sofá en el que estoy sentada, ahora miro el móvil. Mi madre ayuda a Lulu a interpretar una carta que le ha llegado de Hacienda y que ella no entiende porque no sabe leer. «¿Entiendes lo que te digo, Lulu? La deducción del 15 por ciento solo se puede aplicar el año que viene, a partir del segundo trimestre.» Lurdes siempre tiene problemas serios para pagar las facturas, porque, aunque trabajó toda la vida limpiando casas, nunca cotizó. Nunca enciende la estufa, dice que no tiene frío, pero lo que no tiene es dinero. En un cajón guarda todas las cartas certificadas que no entiende y que abre a la hora de los cafés, cuando está mi madre delante.

Yo me aburro y me quedo un rato contemplando la colección de dedales de España de Lulu. Debe de tener alrededor de cien dedales de lugares como Toledo, Sevilla, Albacete, Benidorm. Todos están colocados de forma ordenada en una vitrina. Casi todos con algún detalle dorado o religioso. La mayor parte de ellos son regalos de amigas y vecinas. También colecciona muñecas de porcelana y vírgenes y figuras de Jesucristo y soldados vestidos con uniformes de cuando su Benito hizo la mili en Canarias. Al fondo de todo, justo debajo de la tele que ella llama «cacharro», tiene una foto en blanco y negro de su boda con Antonio con un fondo rosa con relieve de flores con purpurina. Antonio tiene un bigote generoso y ella la mirada cándida de las novias en las viejas fotos nupciales, que de tan jóvenes parece que estén en su primera comunión. Siempre me produce un vuelco ver fotos tan viejas de gente tan antigua porque me parecen otros y, sobre todo, prueban que también fueron jóvenes y guapos y que, si con suerte me muero como la media de españolas y la esperanza de vida se mantiene así, seré exactamente igual de vieja que ellos en algún momento. Quiero decir que mi cuerpo estará igual de viejo que el de ellos.

Además, Antonio ya está muerto. Y eso también prueba que todos nos morimos en algún momento, y no necesariamente de viejos.

Antonio Pepeyo murió un día de golpe, aplastado por una máquina dedicada a la fabricación de moldes. Tenía cuarenta y dos años. La noticia nos llegó por teléfono: «Antonio ya no está con nosotros». Entendí ese día que la gente hace cualquier cosa por eludir la palabra «muerte». Desde mi cosmovisión infantil, aquel eufemismo me pareció ridículo. Como si, verbalizando eso, Antonio fuera a existir en otro lugar. Todo el mundo convino en que era una verdadera pena porque Antonio estaba jovencísimo, y era deportista y, además, de buena vida y que jamás fue un hombre de bar. El día del entierro de Antonio Pepeyo mi padre soltó una frase lapidaria de las suyas: «¿Veis, niñas?, la muerte les importa a todos menos al muerto». Íbamos de su mano, con los ojos como platos, aunque éramos tan pequeñas que el funeral no nos produjo ni un sola lágrima. Nos prohibieron entrar en la sala para ver el cuerpo porque era nuestro primer contacto con la muerte y no querían traumatizarnos. Algunas mujeres que me sonaban del barrio no paraban de repetir:

—Está muy guapo, está muy guapo. La verdad es que le han dejado la cara muy guapa.

Se referían al cadáver. Valorar la guapura de un muerto era algo novedoso para mí. Esas señoras salían de la sala secándose los ojos, agarradas del brazo. Pensé en esas señoras de carnes colgantes valorando mi cara después de muerta. Me pregunté si a las niñas muertas se les valoraba también su belleza cadavérica o simplemente daban tanta pena que los adultos no podían ni hablar. Yo sabía que la muerte infantil existía, aunque no me la acababa de creer del todo: niños africanos y raptos de niñas en verano eran mis únicas certezas.

Esas señoras se recreaban en recuerdos de la vida de Antonio, en solitario, y luego con Lurdes, y luego con sus hijos. Y luego volvían a Antoñito de joven. Tan espabilado. Tan currante. Tan amigo de sus amigos. Esas mujeres hablaban tapándose la boca. Creo que se excitaban con la tragedia. También se recreaban describiendo, en detalle, el momento exacto en que se habían enterado de la muerte: una se había enterado volviendo de la compra, otra subiendo unas escaleras, la otra esperando a su hija en el médico. La idea de reconstruir, en bucle, la forma en la que esa historia las había sorprendido creo que hacía que se sintieran más partícipes, más dignas de estar en la capilla de la Ronda de Dalt.

Lulu, la nueva viuda, me pareció que estaba realmente guapa, con esa belleza oscura y afectada de cuando acabas de llorar y tienes los ojos vidriosos y el maquillaje corrido. De vez en cuando, Lulu se acercaba a mi familia para repetir lo contenta que estaba, pese al drama, de que hubiera tanta gente en el funeral. «Ha venido todo el mundo», decía. «Todo el mundo, todo el mundo», repetía. Se aplastaba con gravedad el pecho, oculto tras una camiseta negra de nailon, y luego desaparecía para llorarle a otro corrillo de gente. La ceremonia religiosa concluyó al día siguiente, domingo, a eso de la una del mediodía con la canción «Pájaros de barro», de Manolo García, que al parecer era la favorita absoluta de Antonio, aunque mucha gente se enteró de eso en el entierro.

Después del funeral, nos fuimos a comer al restaurante de la Barceloneta El Rey de la Gamba. Oí que al muerto le gustaba mucho el mar. Yo nunca me habría imaginado que la gente se va a comer fuera después de un entierro. «Comer hay que comer», se justificaban los adultos. Así que pidieron una paella para diez personas y sorbete de limón de postre para los adultos y tarta de queso para los niños. Se concedió a la viuda Lulu el honor de presidir la mesa en calidad, eso se sobreentendió, de persona más triste y con mayor necesidad de arropamiento. Aunque le sobrevenían impulsos de llanto ruidoso, a mí el arroz me sentó de fábula y hasta repetí. Ese mismo día mi padre también me enseñó a pelar langostinos con cuchillo y tenedor, porque dijo que su hija tenía que estar preparada para todo.

Después de enterrar al marido, Lulu se sintió verdaderamente sola. Todo el mundo se había ido y ya no había corrillos de gente a los que ir a llorar. Explicó que sentía algo parecido a despertar en una casa llena de mierda en la que todo el mundo se había ido ya y ahora le tocaba a ella limpiarlo todo; lo que quería decir era que tenía que reconstruir su vida y no sabía cómo empezar. Lulu repetía todo el rato la misma frase, que dijo por primera vez en el velatorio: «Qué hago ahora con la vida». La primera noche de viuda, mi madre le preparó el sofá-cama de mi abuela para que se hicieran compañía. Mi abuela, experta en desatender los protocolos más básicos, le pidió que, por favor, no hiciera tanto ruido al llorar y sorberse los mocos porque no podía oír un programa de La 1. Le dijo que, después de todo, no echaría tanto de menos al marido, porque «una sin marido es mucho más libre». Lulu, tal vez puesta de Prozac, se pasó un buen rato nombrando una a una a toda la gente que se podría haber muerto antes que su marido. La lista era bastante larga.

Unos meses después de haberlo llorado todo, Lulu y mi abuela se fueron a cambiar el sofá grande por uno más pequeño. Lulu se obsesionó con eso, como si vivir a partir de entonces con un sofá tan grande fuera algo obsceno. No paraba de repetir: «Yo, para mí sola, no necesito nada. Yo, para mí sola, no necesito nada». Como si repetir lo muy sola que estaba fuera parte del duelo, como si tuviera que asegurarse también de que se había quedado sola para siempre. El día que encargaron el sofá, Lulu y mi abuela aparecieron con un catálogo de Muebles Expo Mobi bajo el brazo. Además, habían ido a la peluquería barata del centro de día, venían de merendar churros con chocolate y Lulu se había pintado los labios de color granate satinado. Estaban realmente satisfechas. Me parecieron dos viudas rejuvenecidas.

«Cuatro millones y medio de parados es un escándalo», dice mi padre en calzoncillos y desde el cheslong. 2009 es el año en que se supera por primera vez esa cifra de personas desempleadas en España. En los telediarios aseguran que los datos son terribles y leo en un titular que el Gobierno habla de la posibilidad de llegar a los cinco millones de parados. España está en recesión y ya no hay nadie que lo dude. Es el mismo año en que yo empiezo la universidad y el catedrático Comellas Quadras i Vilà, profesor de Derecho Constitucional, ropa de neoliberal y bigote frondoso, nos dice en la sesión inaugural: «No sé qué hacéis aquí, si no encontraréis trabajo». Un alumno alza el brazo y contesta: «¿Y la alternativa?». Yo pienso en Yaiza, la alternativa, pero a ella también la juzgan por estar sacando pelos y no en un aula de Derecho. No veo la alternativa. El profesor sonríe con sorna y la clase se queda un rato en silencio: «Lo vais a tener jodido, muchachos, pero al menos hacéis Derecho».

Yo, en realidad, quería estudiar Historia del Arte desde que fui de viaje de fin de curso a Italia y me pareció que Florencia era conmovedora de una forma bella y dolorosa. Me obsesioné con las pinturas de Caravaggio, siendo mi favorita la titulada *Baco*, que vi en la Galería Uffizi. Me pareció que entendía bastante de arte, aunque en realidad solo me había aprendido de memoria las obras que me entraban en la Selectividad. En la escuela primaria siempre dijeron que yo era una niña con altas capacidades y sensibilidades, y siempre se me dio bastante bien dibujo y literatura. Yo hacía y me aprendía todo lo que me decían. Pero mi padre me convenció de que estudiara ADE o Derecho y dejara el arte para mis ratos libres. «Además, todo esto de la cultura, hija, son contactos. Sé realista.» Eso hice. La primera vez que vi a mis padres anunciar a otros padres que yo iba a estudiar Derecho me pareció que no podía arrebatarles esa ilusión. «Nuestra hija, la futura abogada. Es más lista que el hambre», oírles hablar de mí bajo ese enunciado, a pocos metros de ellos, me dio un poco de impresión. Aprobé la Selectividad con 9,5 y efectivamente me matriculé en Derecho. El primer año fue gratis porque saqué matrícula de honor. Mi madre lo iba contando.

Yaiza me ha convencido de que vaya a depilarme. Le parece intolerable que lleve falda corta y tenga unos pelos que, según ella, son visibles a tres metros de distancia. Me parece que exagera, pero voy porque me lo hace gratis y porque cada vez que me depilo las piernas me siento más delgada. Yaiza se autorregaló la depilación láser para su vigésimo cumpleaños y le encanta hacer apología del método, quiere que yo también me la haga. Dice que es muy cómodo. Un día me preguntó si yo creía que se arrepentiría de haberse sacado todos los pelos de las ingles, axilas, piernas y areola de los pezones. Le dije que creía que no, que no echaría de menos sus pelos, sobre todo los de la areola del pezón, que yo sabía lo mucho que le acomplejaban porque me lo contó un día en los vestuarios del gimnasio y casi se echa a llorar.

En la radio del Depiline están sintonizados *Los 40 Principales*. Se oye «I gotta feeling» de The Black Eyed Peas. Es una de las canciones del verano. Cuando suena en las discotecas, los corrillos de amigos se juntan y se ponen a dar brincos y a agitar las cabezas. Todas nos sabemos la letra. Me siento en la sala de espera, pintada de colores chillones, naranjas y verdes; hay cuatro mujeres más, una de ellas con un crío de dos años que tiene la cara recubierta de mocos verdes y restos de chocolate. El niño se está comiendo una palmera y me da ganas de vomitar. Me concentro en el resto de las mujeres y me imagino cuántos pelos tienen.

En el mostrador para pagar, cada dependienta tiene una cerdita con su nombre en el que invitan a los clientes a dar propinas. El cerdito de Yaiza es verde. En general, me da bastante pena esa imagen de las cerditas y la propina. Antes de que me atienda, decido arrancar una página de la revista *Pronto* y recortar el titular de la portada, «Como perfilar los ojos para una mirada espectacular». Coloco en la cerdita de Yaiza un papel doblado en el que pone «Mirada espectacular» en color rosa chicle para que lo vea cuando acabe el turno.

Por fin entro en la sala. Yaiza lleva la bata de trabajo, que es como una especie de delantal en cuyos bolsillos hay pinzas, unos trozos de papel y unos guantes. Se vuelve con soltura y me invita a colocarme después de cambiar el papel que recubre la camilla. Ese día a Yaiza le apetece criticar mucho a una compañera suya que dice que no hace nada. Yo temo que alguien la oiga, o incluso esa misma persona que tanto critica. Las paredes entre una cabina y la otra son finas.

Me pone nerviosa la tranquilidad con que Yaiza me dice que esa tía «es una puta vaga, y además guarra, que no limpia bien la sala después de acabar el turno». Yaiza me asegura que no le ha visto pasar ni un solo día la escoba.

—Lo deja todo lleno de pelos. Es asquerosa. Hay tías muy cerdas.

Yaiza sigue. Como si alguien le hubiera dado cuerda. La conozco cuando se pone así.

—Yaiza, que te van a oír. ¿No estás gritando mucho?

—Me la suda. Además, esa chica ya se ha ido.

—Ya, pero tus compañeras...

—Me da igual. Que se entere todo el mundo. Me enerva, tía, me enerva. No puedo con ella. No puedo.

Yaiza sigue un rato más con su soliloquio, ahora ya no digo nada, aprieto los ojos con el primer tirón de cera tibia. Luego viene otro, y otro. Yaiza acaba la primera pierna y luego prosigue para eliminar los pelos negros de los dedos de los pies. Luego pasa a la pierna derecha. Me dice que tengo la piel muy reseca y que algunos pelos se me han quedado enquistados en los poros de la piel. Luego me los repasará con las pinzas.

—Tú no te echas exfoliante. Deberías echarte exfoliante.

Asiento desde la camilla. Ahora me gira y me pone boca abajo. Yaiza me dice que mis bragas son *demasiado* sosas para el culo que tengo. Me echo a reír. Sé que a ella le gusta la ropa interior de encaje de Intimissimi, muy especialmente los culottes.

—¿Lo de tu padre cómo va? —le pregunto.

—Chungo. Seguramente le echarán a principios de año.

El padre de Yaiza, Jacinto, lleva media vida adulta trabajando en la planta de la Nissan en Montcada, en el área de montaje de paneles. Empezó a trabajar con catorce años en el mismo taller mecánico que mi padre. Luego sus caminos se separaron: él entró en la fábrica y mi padre en la empresa de autocares.

Ahora la empresa de Jacinto planea un ERE para reducir el 37,5 por ciento de la plantilla antes de 2010. El ERE de la Nissan salió en las noticias y yo pensé en el padre de Yaiza. Dijo la presentadora: «Ante la evidente falta de acuerdo en el tiempo solicitado, la dirección tomará medidas para garantizar la sostenibilidad de la planta», y yo seguía pensando en el padre de Yaiza. En la tele aparecieron cuatro hombres encorbatados con cuatro botellas de agua en una rueda de prensa. El rótulo del informativo llamó a esos hombres la Dirección: «El objetivo es ser competitivos a largo plazo», decían esos hombres, y en casa seguíamos pensando en el padre de Yaiza.

Ahora se ha hecho el silencio en la sala y Yaiza sigue depilándome completamente concentrada. En la radio, un locutor con esas voces veraniegas de *Los 40* habla de Miley Cyrus. Se constatan los rumores que circulaban por la red, advierte el locutor. Miley Cyrus se ha hecho un piercing en la nariz. ¿Hay algo con lo que Miley Cyrus no se atreva?, sigue el locutor.

—Bueno, el trabajo de mi padre tampoco es que vaya mucho mejor, cada vez se contratan menos excursiones y hacen menos viajes con el autocar —le digo en un intento de romper ese silencio y creo que de consolar.

En ese momento suena «Party in the USA».

—¿Te imaginas a nuestros padres en paro a la vez? No me imagino a mi padre un lunes sin hacer nada —dice Yaiza.

El día que conocí a Pau lo pasé mal la mayor parte del tiempo. Llevaba una coleta alta y un vestido negro. Tuve que tomarme tres cervezas antes de llegar a la fiesta. Las compré en una tienda 24 horas. El dependiente era un niño con rasgos chinos que estaba mirando unos dibujos de anime. Me apeteció zarandear al niño y explicarle todo lo que estaba a punto de hacer: «¡Mírame, niño! ¡Voy a ir a una fiesta, pero antes me beberé estas cervezas en la calle para ser una persona más simpática! ¿Qué te parece la vida adulta, niño?». Por supuesto, no hice nada más que sonreírle. El niño me miró impasible desde su silla de escritorio, me devolvió el cambio sin apartar la vista de la pantalla del ordenador y murmuró: «Gracias, señora. Adiós». Al salir de la tienda me metí en lo que yo pensaba que era un callejón de la zona alta, pero resultó ser una calle iluminada y limpia. Las calles de la zona alta siempre están iluminadas y limpias. En esa zona de la ciudad las fincas tenían porteros, palmeras y sofás de cuero en los portales. Todos los portales por los que pasaba me parecían pequeños hoteles. Espacios diáfanos y anchos con mobiliario muy fino. Me entraron un poco de ganas de robar.

Me bebí las cervezas mientras escribía a Ane y le mentía diciéndole que acababa de salir de casa, por lo que me retrasaría un poco. Deseé que nadie de la fiesta, especialmente Ane, pasara por esa calle y me reconociera bebiendo sola frente a una pared. Ane era mi amiga de la universidad. Ella vivía en ese mismo barrio. No necesitaba tres cervezas para estar simpática y elocuente. Era su estado natural. Llevaba un corte de pelo pixie, ondulado y algo desaliñado, nunca se pintaba los ojos ni los labios, y tenía ese tipo de cara que siempre está como de resaca, con ojeras muy marcadas. A mí me parecía que eso le daba mucha personalidad. Su cara me recordaba a Liv Tyler sin maquillaje. Mi madre decía que no era para tanto. Ane tenía algo que en ese momento yo no sabía muy bien en qué consistía: era una especie de fuerza que me hacía sentir a mí más vulgar, como más ancha o ruda en mis formas. Objetivamente yo no era en absoluto ancha, de hecho Ane gastaba como mínimo dos tallas más que yo. Pero tenía esa sensación cada vez que estaba con ella o al lado de gente como ella. Con Yaiza, por ejemplo, nunca me pasaba. Era un sentimiento inconcreto y sutil, una dimensión física de nuestras diferencias. Ane pesaba bastante más que yo, pero yo sentía una pesadez mía y propia. A su lado, yo sentía que tenía un cuerpo desproporcionado, mal ajustado, un 42 de pie, unos dedos gordos, un lenguaje tosco, una voz ronca, algo negro siempre entre los dientes. El de Ane era el *habitus* de clase alta. Tardé un tiempo en comprenderlo.

—¿Qué tipo de fiesta es, Ane?—le pregunté justo antes de llamar al interfono.

Ane se estaba subiendo las medias y colocándose bien la botella que tenía en la mochila.

—Inauguración de un piso de unos amigos. Ya verás.

Subimos al piso. Yo no había estado en un piso así en mi vida. Era uno de esos pisos céntricos del Eixample con techos altos. En aquella época me obsesioné mucho con los techos y los suelos. En mi casa pusimos parquet del falso y a mí me parecía que eso era lo máximo a lo que se podía aspirar en los asuntos del suelo. Este era un piso con alfombras que tenían pinta de ser históricas o importadas de algún país exótico. El dueño me explicó que su madre era aficionada a las alfombras del mundo del siglo pasado. Me lo dijo como si nada.

El dueño del piso era amigo del hermano de Ane, que era tres años años mayor que ella y estudiaba Bellas Artes. Cuando llegamos, había un grupo de unas diez personas sentadas tranquilamente bebiendo vino y fumando cigarrillos. Lo primero que se preguntaba en aquella fiesta era qué carrera estabas estudiando. La mayoría eran estudiantes de Humanidades, Políticas y Periodismo.

Cuando llegamos, hablaban de la fotografía de una película coreana —de Park Chan-wook, me enteré después—, y del último disco de un grupo de música que yo no conocía. Nunca llegué a saber cuál era esa banda de la que hablaban con tanto entusiasmo y citando toda su discografía. Yo me senté en un lado del sofá deseando que nadie me preguntara nada. Ane ya estaba hablando con todo el mundo e incluso haciéndoles reír. Yo asentía y sonreía a todos. De vez en cuando decía algo o daba la razón a alguien. Mi voz estaba por debajo como ruido ambiente.

En ese salón accedía a fragmentos aislados de conversaciones de mi alrededor. Cada tanto miraba el móvil y tecleaba como si tuviera que atender algo muy urgente.

—Sí, muy bien, todo es ETA, todo es ETA, pero se habla poco del otro terrorismo, ¿eh? ¿Cuántas sentencias firmes hay sobre los GAL, el Batallón Vasco Español, la Triple A y otros tantos? Poquísimas. Si no recuerdo mal, creo que quince o así. Eso es terrorismo de Estado, ¿eh? Crímenes que han quedado impunes con la complicidad de los aparatos del Estado. El atentado de Alonsótegui, por poner un ejemplo. Las víctimas eran civiles, ¿eh?

Ese chico era de los que se aseguraba de obtener la atención de su interlocutor con la interjección «¿eh?».

—¿Cómo era el poema hebreo ese de aquella israelí que te encantaba? ¿Te acuerdas? No sé qué de unas fresas. Una de esas poetas malditas que te gustan. ¡Te lo sabías de memoria!

Dos chicas, una de pelo rizado y otra con el pelo corto, hablaban en la puerta de la terraza mientras fumaban un cigarillo con un pie dentro y otro fuera.

—Estoy leyendo un libro de una tal Butler que dice que la construcción del género es algo impuesto. No me da miedo que me llamen radical por decir que soy feminista —le decía una chica rapada a un chico.

Creo que era la primera vez que oía la palabra «feminista» en el contexto de una fiesta.

—Somos una democracia franquista. Que digan lo que quieran.

Eso salía de la conversación de ETA, ubicada en la puerta de la cocina.

—¿Era Yona Wallach? «Y trae una cesta de fresas, véndeme fresas, di con un hilo de voz, fresas, fresas, quién quiere fresas, no lleves nada bajo el vestido...»

Las chicas estaban borrachas, y mientras una recitaba, la otra la miraba risueña con la boca abierta y las manos juntas en posición de oración.

—Los nazis estaban fascinados con los vascos. El origen extraño de su pueblo, el euskera, tan misterioso... todo eso le gustaba mucho a Hitler... Era su puto sueño húmedo. Por eso las tropas descansaban allí en la Segunda Guerra Mundial y se bañaban en la playa.

La conversación de ETA se había desplazado a la Alemania nazi.

—Para mí *The Wire* es la mejor serie de la historia. Eso sí, hay que verla en versión original. Verla doblada me parece una herejía. Justo con *The Wire* se pierde mucho: jerga callejera, acentos, formas, ya sabes... —Un chico y dos chicas, sentados en el mismo sofá que yo.

—«...Cuando vengas a acostarte conmigo, ponte un vestido negro, estampado con fresas, y un sombrero alto negro, adornado con fresas...» —Las chicas seguían con las fresas.

—Creo que la quinta y la segunda temporada son mis favoritas.

—¿Qué estudios tiene Zapatero?

—«... No lleves nada debajo del vestido, más tarde, que unos hilos te levanten hacia arriba, invisibles o visibles, y te dejen caer, directa sobre mi polla.»

Las chicas de las fresas empezaron a reírse, medio achispadas, y Ane, que merodeaba por ahí, igual que yo, pero hablando con la gente y aportando algo casi siempre ingenioso, apareció por un pasillo con una copa de vino y dijo:

—¿Polla? ¿Quién ha dicho «polla»? Que quiero estar en esa conversación.

Las chicas alzaron los brazos, riéndose a carcajadas. «Sois un coñazo todos menos ellas», dijo Ane. Todo el mundo se echó a reír. Ane se incorporó al corrillo de las chicas y yo disimuladamente también me aproximé, entrando en el círculo como si me faltara algún tipo de permiso oficial.

Sonreí a Ane y luego a las chicas. Cuando me incorporé en el círculo, decidí preguntar quién era la autora del poema que recitaban, tenía curiosidad, pero debí decirlo tan flojo que no me oyeron. No las culpo. Fue Ane la que advirtió a esas chicas que yo estaba haciendo una pregunta. Yo dije «Es igual, es igual», como si ya no me importara la respuesta. Una de las chicas me miró y dijo: «Qué mona». Eso lo hizo todo más embarazoso.

Yo trataba de consolarme a mí misma repitiéndome que seguramente Ane ya los conocía de antes. Por eso tenía tanta confianza. Por eso jugaba con ventaja. La idea que yo tenía de fiesta de inauguración era otra: se parecía más a las películas. Gente bebiendo, música más fuerte y, sobre todo, más gente, mucha más gente tapando a otra gente. Fiestas en las que no se oye mucho tu voz si hablas. Fiestas en las que si te encierras treinta minutos en el lavabo no pasa nada. Pero aquello era una charla, una reunión, no una fiesta. Me sentía estafada.

De vez en cuando pensaba en mi madre casi como una visión. ¿Qué pensaría mi madre si me viera allí, sentada en la esquina del sofá? Ella no entendía mi preocupación por nada. Tenía demasiada confianza en mí, la más lista de la familia. Si ella hubiera estado allí, observando de lejos la situación, simplemente habría puesto su cara de sorpresa boba y habría dicho: «Qué bien. Mi hija se junta con gente muy bohemia».

Gente. Muy. Bohemia.

Serían las dos de la madrugada. Hacía un rato que me había sentado en el sofá y un chico, a mi lado, el de *The Wire*, ahora me explicaba las ventajas de haber visto *Lost*. Era de esos chicos que tocan un poco al hablar. De repente, alguien me llamó.

—Si te ralla mucho la música cámbiala, ¿eh?

Alguien, una chica creo, murmuró de fondo:

—Eso, eso, cambiad la música, que estáis muy pesados con Pulp.

Ah, se referían a Pulp, la música que estaba sonando desde hacía un buen rato. Ni siquiera había sido capaz de identificarla. Me dije a mí misma que era una fracasada por no haber reconocido a Pulp. Pulp es muy importante y todo el mundo lo sabe. Tenía que contestar algo.

—Ah, no, no, está guay, me gusta —mentí, y no sé cuánto se me notó.

—Bueno, pero podríamos cambiar, que ya llevamos mucho rato con esto. Cambia, cambia, y así oímos algo nuevo, pínchate algo —insistió, otra vez, el chico.

Su tono era afable. Creo que quería ser majo. Los otros chicos también me miraron, sonrientes, sumándose a la sencilla iniciativa de cambiar la música.

Otra de las chicas dijo que estaba harta de oírlo porque le recordaba a su padre, muy ridículo, cantando en el coche. Aunque es un hit, espetó otro. ¿Y ese riff de «Disco 2000»?

Joder. Orgásmico. Se entretuvieron un momento. Yo gané algo de tiempo. No había maldad en ellos. Todo estaba bien y todo estaba mal. Esa gente solo me estaba pidiendo que cambiara de música porque yo estaba más cerca del ordenador. No era nada más que eso. Era una cuestión de proximidad. Una cuestión puramente geográfica, matemática, en ese salón lleno de cuerpos que hablaban. Deseé no haber ido nunca a aquella fiesta.

Empecé a notar que el resto me miraba con compasión, como arqueando las cejas. ¿Pones algo? Ahora no sé cuánto hay de verdad y cuánto de ficción en ese recuerdo, en esas cejas torcidas que yo vi y no sé si alguien más vio.

Me sentía exhausta. Las conversaciones se habían parado, ahora sí, y todo giraba en torno al asunto de la música. Ane me había pasado algunas canciones aquellos días. Pero en ese momento era incapaz de recordar nada. Ningún título de ninguna canción que me pareciese válida y aceptable para ese momento. Las canciones que se me ocurrían no me parecían lo suficientemente sofisticadas. Hice un repaso mental de los discos que me sonaba haber visto por casa, de mis padres, míos, de mi hermana. Pereza, El Canto del Loco, *Operación Triunfo canta Disney*, Spice Girls, *Popstars: todo por un sueño*, Diana Navarro, Malú, Alejandro Sanz, Víctor Manuel, Amistades Peligrosas, un recopilatorio de jazz de *El País* (con el envoltorio sin abrir). Hasta se me pasó por la cabeza King Africa. King Africa. Expulsé ese pensamiento tan rápido como pude. En los momentos en que me pongo nerviosa, mi cerebro se convierte en un coladero de información inútil. Es capaz de sacar a flote cualquier cosa. Incluso una nana de dormir. Mi memoria mantecosa se vuelve confusa e inútil. En los momentos críticos mi mente me abandona. Pensé en Yaiza, que hubiera puesto cualquier cosa y se hubiera quedado muy tranquila. Pero yo tampoco era Yaiza, del mismo modo que yo tampoco era Ane. Intenté pensar en mi padre, de joven, sus gustos, pero mi padre no escuchaba música. Lo que sonara en la radio ya le iba bien. Pensé en mi madre. Le gustaba Serrat, pero de una forma relajada. Los sábados y los domingos nos solía despertar canturreando: «Hoy puede ser un gran día, plantéatelo así». Recuerdo que eso era muy agradable. Pero supongo que no era el momento de poner a Serrat.

—No sé, no sé, es que ahora no se me ocurre nada —atiné a decir.

Sonreí regular. Me puse roja.

Entonces me levanté y decidí que tenía que ir al lavabo, dejando mi hueco del sofá libre para que alguien viniera a cambiar la música. Era una llamada de socorro. Estuve semanas maldiciéndome por eso.

Alguien se levantó y cambió la música por otra canción de un grupo anglosajón que yo tampoco conocía. El hermano de Ane celebró la selección con intensidad desmedida. Incluso se mordió el labio para decir: «Bua. Bua. Temazo». El ambiente se dispersó. Una de las chicas se fue a abrir otra botella de vino. Yo ni siquiera sabía abrir una botella de vino. Me quedé un rato más de la cuenta en el baño y salí de él sin mirar a nadie, por si a alguien se le ocurría mirarme con expresión decepcionada. Pero nadie me estaba mirando.

Después seguí bebiendo vino hasta que me dolió la cabeza. Pasé toda la noche con un vacío en el estómago, como si hubiera perdido una apuesta muy importante o suspendido un examen. Era la primera vez que experimentaba esa sensación, como de derrota por no encajar o no estar a la altura. Salí un momento a la terraza, iluminada con lucecillas de colores y con una mesa de madera y grandes tiestos de cerámica con plantas bien cuidadas. No sabía qué hacer, pero quería fingir que estaba entera y hablaba con gente. Así que felicité al dueño por la casa. Una felicitación es un tipo de interacción humana que nunca puede salir mal. Felicitar por algo a alguien. Yo era una experta en eso. «Es muy guay la casa», creo que le dije, en un tono de voz de tres en una escala de diez. Le pregunté cuánto pagaba de alquiler y me dijo que no pagaba nada porque todo el edificio era de su abuela. «Ah. Qué guay», otra vez repetí «guay». «Yo aún vivo con mis padres. A ver si me independizo pronto», le dije por decir algo. Mantuve mi cara de simpática y me fui a por otra copa. A lo lejos vi que Ane llevaba mucho tiempo hablando con un chico pelirrojo. Reconocía perfectamente cuando Ane se ponía así: coleta de caballo, coloretes rojos de un litro de vino y mirada de encantadora de serpientes. Cuando Ane se toca el pelo mientras habla es que quiere follar.

Al final de la fiesta, el chico que me había generado el gran conflicto de la noche cogió un casco de moto, se despidió con dos besos y me dijo, voz pausada y algo ronca:

—Ey, me ha gustado conocerte. Aunque no hemos hablado mucho.

Yo balbuceé algo parecido a un «gracias». Luego me arrepentí de haber dicho «gracias» y no «yo también». Hice un movimiento con las piernas para buscar mi abrigo y sin querer le di con la manga de mi chaqueta tejana. Es posible que después de eso dijera «uy, perdón». ¿Por qué estoy pidiendo perdón? Se me había olvidado por qué acababa de pedir perdón, lo del golpe suave con la chaqueta tejana. *Todo eso.* No entendía qué estaba haciendo, qué significaba ese momento cada vez más engorroso. Seguro que no hacía falta pedir perdón. Me sentía un hámster dando vueltas en una rueda bañada en chicle. A partir de ahí, ese momento se convirtió definitivamente en una nebulosa, como si estuviera sucediendo y a la vez no. Recuerdo un pitido en los oídos previo a algún tipo de colapso. El chico dijo algo más, pero, por supuesto, ya no le estaba escuchando. Pensé que estaba muy bien que hubiera decidido utilizar la forma larga «me ha gustado conocerte» y no «encantado de conocerte». Me pareció que eso le daba mucha clase. Me recogí un mechón de pelo, abrí la puerta y bajé las escaleras mirando al suelo. Deu. Deu. Deu. Ese chico que sobre todo me había dado ganas de vomitar era Pau.

A pesar de la fiesta, Pau quería saber más cosas de mí. Yo no me lo explicaba. Cuando Ane me lo contó, creo que pude revivir el momento de poner música y sentí el mismo pánico. La misma vergüenza. Llegué a preguntarle a Ane si había notado algo raro en el momento en que me pidieron cambiar la música, no quería darle pistas del momento fatal, pero quería saber si ella se había dado cuenta de mi cara, de lo de las cejas torcidas del resto de la gente, de que no fui capaz ni de cambiar la música y de que me metí en el lavabo aunque no me estaba meando.

—¿Algo raro? No sé de qué me estás hablando. ¿Te pasó algo? —me dijo—. Te vi allí en el sofá, y pensaba que te estabas aburriendo.

—Ah, no, no... no me refería a eso...

—¿Te aburriste mucho? Los amigos de mi hermano pueden llegar a ser muy pesados.

—No, qué va, estaba un poco cansada, por eso no hablé mucho.

Siempre ponía la misma excusa.

—Pues a Pau le pareciste extremadamente misteriosa —dijo Ane desde el otro lado de la línea.

Yo pensé: «Maravilloso».

Por teléfono, Ane me contó que al final se fue a casa con el pelirrojo, un tipo que vivía por esa zona de fincas regias y vestíbulos con portero y tenía coche y moto, y que la noche acabó, como ya era habitual, con ella recogiendo sus cosas a las cuatro de la mañana. Ane nunca se quedaba a dormir en casa de los chicos porque decía que prefería despertarse sola y, sobre todo, desayunar sola. Ane siempre decía que el ritual postsexo con semidesconocidos le parecía un engorro, y que además ella, que era un poco sonámbula, no se hacía responsable de lo que pudiera decir o soñar y que prefería estar tranquila en su casa. También me dijo que el pelirrojo le estuvo explicando la diferencia entre el postrock y el ambient, pero que no sabía encontrar el agujero y que le masturbó durante menos de un minuto y medio como si estuviera jugando al rasca-rasca.

—Me aburrí mucho —me dijo—. Creo que quiero ser lesbiana.

Ane contaba siempre en detalle todas sus noches con desconocidos, le encantaba hacer eso de ligar por la noche y luego llamarme para explicármelo todo. A veces desde el mismo taxi. Ane siempre cogía taxis. El hecho de que no nos uniera ningún vínculo afectivo con todos esos chicos, casi siempre mayores, nos permitía despacharnos tranquilas. A todos sus fracasos amorosos los llamaba «disfuncionales».

—Tía, y además follamos con un grupo llamado Tortoise de fondo. ¿Te suena? No sabes qué mareo entre el vino y todo. Yo pensé que me iba a desmayar. Un puto vinilo, cada tanto se levantaba para cambiar de cara. Qué pesadilla.

Ane acordó ese día que odiaba el sexo con música de fondo. Antes de colgar, me dijo:

—Espera, espera, espera. ¿Dirías que hay que avisar a los tíos de que tienes la regla antes de follar?

—Mmm... —Lo pensé un momento—. No sé... ¿sí?

—Pues yo prefiero sorprenderlos. Me gusta quedarme con sus reacciones.

Los amigos del hermano de Ane nos etiquetaron en un álbum de fotos de la inauguración en Facebook. El álbum se llamaba «Batifasco Katiuskas» en homenaje a una canción de Antònia Font que yo aprendí ese mismo día y que luego escuché muchos días seguidos en casa. Ahí estaba Pau, en todas las fotos con una media sonrisa tímida y las piernas cruzadas, pantalones pitillo, y acariciando al gato del dueño, que se llamaba Tobías. Viendo las fotos me acordé de como iba vestido: unas deportivas muy finas, tejanos gastados y una camiseta de Daniel Johnston. Yo no sabía quién era Daniel Johnston hasta que lo vi en su camiseta, así que abrí otra pestaña y lo busqué en Youtube. Pasé todas las fotos rápido hasta que comprobé que yo no estaba etiquetada en ninguna, solo en una genérica donde aparecía todo el grupo excepto yo. Mi etiqueta estaba colocada en el sofá, como una presencia fantasmagórica, como si, de hecho, estuviera escondida dentro del sofá. Pensé que esa foto se había tomado en el momento en que me había levantado para ir al lavabo y que nadie me había echado de menos a la hora de tomar la foto. Nadie había hecho eso típico de decir que falta una persona y que hay que esperarla. Pensé que todo era muy deprimente. Pero luego pensé que para Pau yo era «misteriosa».

Decidí que había llegado el momento de comportarme como una adulta, y yo misma le hice la solicitud de amistad a Pau. Me levanté de un brinco, di dos pasos al frente, uno al lado, dos atrás, uno al centro. Me recordé a mí misma que Ane había dicho que Pau pensaba que yo era guapa. Eso sin duda me alentaba a hacerlo. Ya está. Pau Milà. Solicitar amistad. Hecho. Qué iba a hacer ahora. Esperar. Cerré el portátil y me tumbé en la cama.

Si no hubiera visto el álbum de Facebook, ni siquiera me acordaría exactamente de la cara de Pau. Lo que más me gustaba era la idea de que yo le gustara a él. Me fijé más en su complexión: delicada, armoniosa. Tenía el pelo claro y las piernas muy flacas. Era absolutamente compacto. Me pareció que tenía un cuerpo bastante confortable, hecho a mi medida, ni muy alto ni muy bajo. Cómodo para salir a dar un paseo y cogernos del brazo. Cómodo para ir a un concierto. Cómodo para echarnos en la cama y cruzarnos las piernas. Su estatura me parecía la adecuada para entablar una relación romántica.

Tumbada en la cama, me imaginé a mí el día de la fiesta. Me imaginé a mí con la actitud de Ane, que como faltaban sillas se sentó sobre la alfombra en posición de indio y se hinchó a Cheetos y tenía restos por toda la boca. Hablaba de pollas y comía Cheetos, y en ella eso no quedaba mal. Yo no sabía comer en público como ella. En mi fantasía todo intentaba ser superrealista. Mi yo alternativo impresionaba a todos con la elección de la música. Luego contaba una historia sobre una excentricidad de un familiar mío, respetando las pausas dramáticas y los silencios, gesticulando perfectamente, utilizando las palabras adecuadas, una mezcla de terminología antigua y nueva y original. A todo el mundo le parecía que la anécdota que acababa de contar era la mar de divertida y yo una excelente narradora.

Me introduje la mano por debajo de la falda, llevaba una de medio largo con gomas en la cintura. Una falda ideal para masturbarse. Me acaricié primero las bragas y luego fui introduciendo poco a poco los dedos. No tengo muy claro si era Pau al que veía, o era a Ane, o era al pelirrojo, o era una mezcla de todos y de mí misma en una realidad aumentada. Me imaginé a mí comiendo Cheetos y los Cheetos cayendo por mis tetas y luego aparecía una sombra que podría ser la de Pau, aunque también podría ser de cualquier otra persona, la silueta era confusa y cambiaba en un parpadeo, hombre, mujer, algo asexuado, sin género, sin cara, sin pelo, entonces yo abría una botella de vino con notable destreza y se la servía a la sombra y luego la sombra me practicaba un cunnilingus como nunca antes me lo había hecho ningún chico en la vida real, la verdad.

Directamente me corría así. No necesitaba desnudos, no necesitaba porno, necesitaba más bien poco. Me bastaba con un par de dedos que ni siquiera introducía. Entre orgasmo y orgasmo me asaltaban pensamientos fugaces sobre por qué hasta mi masturbación era patética y poco ambiciosa. Y sobre si estaría haciendo bien eso de masturbarme, la técnica propiamente dicha. Me preguntaba si eso de no introducir los dedos sería lo normal, por qué me bastaba con frotarme el clítoris. ¿Estaría enferma? ¿Funcionaría todo bien allí abajo? Luego continuaba hasta acabar con el cuello torcido, contraída, acalorada y sin la parte de arriba. Seguía así un rato más, frotando ya casi automáticamente, incluso pensando en temas prácticos, burocráticos, cinco, seis, siete orgasmos, hasta que las piernas se me agarrotaban y sentía algo parecido a las agujetas. Y luego aparecía esa especie de culpa, como si alguien me hubiera estado observando por una mirilla y yo tuviera que demostrarle que, en fin, era mucho más que ese último rato que acababa de verme así, de esa guisa. Espasmódica perdida. A veces me olía los dedos para acabar y luego me preguntaba qué pintaba Ane en todo ese asunto, si no sería ya lesbiana por eso. O, como mínimo, bisexual.

Mi madre me informa de que esta noche mi abuela se ha caído durmiendo y se ha roto el tobillo. «La yaya se ha caído, ¿y si la vas a ver?» Esa pregunta es, por supuesto, retórica. Es la forma imperativa de mi madre. Ella se pasará cuando acabe de trabajar, a las ocho de la tarde. «Recuerdas que tienes cuatro hermanos, ¿verdad?», respondo yo. Es mi forma de decirle que no entiendo por qué siempre ella cuida y sus hermanos no. Cuando me llama, estoy con Yaiza en las escalerillas de la plaza, comiendo pipas. «¿Qué has hecho hoy?», me pregunta. Le digo que nada.

La verdad es que por la mañana fui con Yaiza a la playa de la Barceloneta y ahora está intentando convencerme de que vaya otro día al Depiline y me depile el coño entero. Dice que me lo hace gratis. Yaiza lo llama «toto» y cada vez que dice «toto» no me hace ninguna gracia, la palabra me produce una angustia casi física, le pido que utilice un sinónimo. A Yaiza le encanta decirme: «Qué fina eres». Sigue diciendo toto toto toto. Le digo que no quiero depilarme entera porque me parece que eso sería como transformarme en una niña y que cada vez que tuviera sexo con alguien lo vería como un abusador. Yaiza dice que eso no pasa y que si pienso eso, en realidad, es porque no lo he probado. Insiste en que es más *higiénico* y yo insisto en que no pienso depilarme más que las ingles, que ya me duele muchísimo y luego me quedan llenas de granos y eso ya me parece una concesión más que aceptable para poder follar con chicos. Tengo curiosidad por saber cuántos pelos tiene Ane, quizás un día se lo pregunte.

Hoy Yaiza no se ha resistido y me ha preguntado muchas cosas de Pau, el chico ese catalán catalán, lo llama así, cada vez que saca su nombre pone voz de presentadora de TV3. Es el mismo catalán que usamos una vez en la cola del Tutuki Splash, tendríamos nueve o diez años y era la primera vez que nuestras dos familias se juntaban para ir a Port Aventura. Empezamos a hablar muy alto fingiendo que teníamos ponis en una masía de Cadaqués, que vivíamos allí, y que teníamos camas con mosquiteras y que nuestras madres trabajaban en el Liceu de Catalunya. El relato estaba repleto de incoherencias: no podíamos vivir en el Cap de Creus y bajar cada día a las Ramblas, donde supuestamente trabajaban nuestras madres. Eso era inviable, pero en nuestra cabeza tenía sentido. Mi padre arruinó nuestro juego cuando se acercó a nosotras y nos preguntó con su habitual tono tajante: «¿A qué jugáis? ¡Qué juego tan idiota! ¡Al menos no seáis de Convergència!». Yaiza y yo nos quedamos calladas, no entendimos la última parte, pero permanecimos enroscadas del brazo. Era nuestra posición de defensa.

Yaiza vuelve a la conversación. «Bueno, i explica'm coses d'aquest noi. Et posa calenteta?». Nos da la risa con lo de «calenteta». Nosotras nunca diríamos eso en un contexto de ligar. Yo niego con la cabeza y digo que más o menos me gusta, regular, y que solo hemos tenido una cita aunque nos escribimos todo el rato. Yaiza opina que eso es peor que poner los cuernos. No tocamos el tema Hugo, a quien me imagino un segundo en la hamaca del camping con el torso desnudo y su bañador encima de los calzoncillos.

Vuelvo al banco y a las pipas y a Yaiza, que está enfrente de mí y se está arreglando el flequillo con los dedos. Me mira, inquisidora, con los ojos muy abiertos. No le explico en ese momento que la cita fue un poco desastre y que me dio las mismas ganas de vomitar que la fiesta de la música. A Yaiza tampoco sabría cómo explicarle que me entristeció no saber qué música poner delante de un grupo de desconocidos. Ella me hubiera mirado arqueando una de sus depiladas cejas, hace muy bien eso de arquearlas, y luego me habría dicho que estoy tonta y que no entiende nada. Repite mucho esa expresión: «No entiendo nada». Hubo una temporada en que yo también la decía mucho por su culpa. Yaiza no conoce a ninguno de mis nuevos *amigos de la universidad.* Ellos nunca van a mi barrio y Yaiza no sale de él. En el último año, ella y yo no nos hemos visto tanto, ya no salimos nunca de fiesta porque no nos ponemos de acuerdo sobre los sitios a los que ir. Hace dos años esto era impensable, nos poníamos de acuerdo en casi todo. En verano aprovecho para quedar con ella porque la ciudad está prácticamente vacía. Ane veranea en Calella de Palafrugell y la verdad es que no me ha invitado. Quedo con Yaiza porque no tengo más planes. Eso no se lo he dicho.

—Pero, a ver, este pavo —retoma Yaiza; hoy quiere respuestas.

—¿Qué?

—¿Va a ser tu nuevo novio o qué? ¿Te gusta?

—No sé si me gusta, me parece interesante —respondo, seria y algo molesta.

—No te tienes que liar con todos los chicos a los que les parezcas guapa —sigue Yaiza, creo que la pregunta me ofende porque ha dado en el clavo—. Ni con todos los chicos que te parezcan interesantes —continúa—. Ni tienes que tener un novio cuando dejas a otro novio. ¿Todo esto es por tus inseguridades? —sigue.

Miro a Yaiza y no me apetece contestar. Pero en el fondo pienso que no *puede ser* que me gusten tanto los chicos, ni siquiera sé si me gustan tanto. No sé por qué me cito con ellos y hacemos cosas como besarnos y yo siempre me río de sus bromas. En realidad, luego nunca me lo paso tan bien y cuando hablan mucho rato seguido me aburro. A veces, al tiempo de conocernos descubro que ni siquiera me caían tan bien como pensaba y sobre todo no eran tan inteligentes ni tan divertidos como yo los había imaginado. Quizá solo me lo paso bien en el sexo porque me repiten que soy muy guapa. Yaiza dice que solo necesito de ellos «la forma en que me hacen sentir a mí». La verdad es que en ese momento me entran ganas de pegarle.

Yaiza saca un cigarrillo de la mochila y veo que pone esos ojos de victoria, de inteligencia, los mismos de cuando era niña, de que está segura de que lleva razón porque nos conocemos desde hace años. No quiero fumar, pero hoy le pido un cigarrillo. Me despido de mala gana pensando en lo mucho que detesto que Yaiza exhiba su superioridad moral solo por tener un novio estable y mayor. Me pregunto por qué aún sigo quedando con Yaiza si solo hablamos de chicos porque no sabemos de qué otra cosa hablar. Ya me arrepiento de haber quedado con ella. Tengo que ir a ver a mi abuela. Nos despedimos con un abrazo áspero y rocoso.

—No te piques, anda, tonta —me dice Yaiza, y me da un beso fuerte en la mejilla.

Camino hacia casa de mi abuela, aturdida de esa forma en que solo te deja el verano en Barcelona: dolor permanente de cabeza, pegajosidad en la ropa y en la cara. Llevo un vestido fino de flores y el pelo recogido con una pinza, pero me caen gotas de sudor por la espalda y por las piernas.

Paso por la terraza del bar Las Buenas Costumbres, siempre llena de hombres. Camino por un lado y se hace el silencio. Hoy no me dicen nada, y eso me parece decepcionante. Busco culpables: quizás es mi pelo, demasiado sucio, creo que me prefieren con coleta alta, seguro que el vestido me hace las piernas gordas. Cuando me maquillo o llevo escote nunca fallan. No sé en qué momento los comentarios de hombres desconocidos pasaron a importarme, el caso es que me importan. No solo me importan, sino que a veces los necesito. Me funcionan. Me excitan. Son como una barrita energética. Me siento como un perrito que necesita su golosina y mis dueños son unos cretinos que les gritan a todas por la calle.

En la esquina de la frutería me encuentro a Enriqueta: «¿Tú eres la mayor? ¡Qué hermosa estás, cariño! Mándale un saludo a tu abuela y a tu madre». Le cuento la caída de mi abuela, esa señora no oye bien, se lo repito varias veces, luego me coge del brazo y me mira de arriba abajo: «Eres clavadita a tu madre y a tu padre». Le digo que soy la prueba de que la genética funciona. La mujer sonríe como si no lo hubiera entendido. Me explica que su Sonia y su Iván también están en la universidad y que están muy altos y muy guapos. La mujer concreta algo más y me dice, repasándome con gesto dubitativo y ojos críticos, que su Sonia me *debe de* sacar unos cuatro centímetros más o menos. Me asombra la precisión métrica de esa abuela respecto a su nieta. «Mi Sonia está estudiando Medicina.» Le digo que estudiar Medicina tiene que ser una cosa muy complicada, y la mujer parece darse por satisfecha con mi respuesta porque es exactamente lo que quería escuchar. Me despido de Enriqueta. Me besa tan fuerte que me deja un poco de carmín en el moflete.

Sigo caminando por la calle de mi abuela y ahora pienso en Pau. No sé qué estará haciendo, hace días que tardo en contestar porque quiero que piense que tengo una vida interesante. En su último mensaje me mandó su canción favorita de Yo La Tengo, que decía que tenía que escuchar. «Conoces a Yo La Tengo, ¿no?», me dijo el primer día que quedamos sin emborracharnos. Respondí que claro que sí. Mentí muchísimo.

Bajando por la cuesta que lleva finalmente a casa de mi abuela pasan dos mujeres y una le dice a la otra: «Rocío, yo es que si no lloro no siento las cosas. Estoy atrapada. Lo quiero a uno y lo quiero al otro. No sé qué hacer. Son tan suaves. A veces, uno me deja todo hecho un cristo. El otro se porta bien. Está claro que a los dos juntos no los puedo tener, y tampoco digo yo que quiera. Me dan faena». Hablan de sus mascotas.

(Esto pasó otro verano)

El verano del 2000 Carlos tenía diecisiete años, lo que para mí equivalía a ser todo un hombre. Yo tenía nueve. Carlos y yo nos habíamos conocido hacía años en la Expo de Sevilla del 92. Una foto en una carroza de caballos, al lado de la catedral, así lo certifica. En la foto, Carlos sostiene en brazos a un bebé de un año y ese bebé soy yo. La idea de que Carlos me hubiera cogido en brazos con sus manos me ponía hasta nerviosa. Carlos era el hijo de los Molero, unos viejos amigos de mis padres también del barrio. Se conocieron de jóvenes porque vivían puerta con puerta. Nuestros padres arreglaban neumáticos, tuneaban Seiscientos y en las fiestas mayores colocaban petardos en los anos de gatitos. Esta improbable y pirómana forma de cortejo entusiasmaba a las mujeres, entre ellas a mi madre y a Antonia, la madre de Carlos.

Durante ese verano del nuevo milenio, Carlos se aprendió de memoria la maqueta de Estopa. Cantaba con la ventana muy abierta, daba palmas y mantenía siempre un gesto despreocupado. Su cabeza estaba la mayor parte de las veces recostada para atrás, como queriendo decir que nada le importaba demasiado. Nunca llegué a ver bien los ojos de Carlos, pero diría que los tenía verdes. Era tan alto que yo le miraba siempre desde muy abajo, y desde ahí abajo me parecía que tenía un cuerpo excelente. No me importó en absoluto que en aquel viaje todo el mundo lo considerara «un auténtico pieza».

Sus padres repitieron durante todo el verano que había suspendido todas menos educación física. «Yo saco muchos dieces en el cole», le dije un día a Carlos. Y así nos hicimos amigos. Supongo que Carlos pensó que era mejor aguantarme a mí que a los mayores. Me adoptó como una especie de hermana pequeña y me enseñó su casete de Estopa. Me dijo que eso era lo mejor que estaba sonando en España últimamente. Yo le creí de forma irrevocable. El padre de Carlos era la persona que más hablaba de todo el viaje. Se llamaba Joaquín y cada vez que podía se definía como empresario. Le encantaba recalcar que tenía «cinco personas a su cargo». En la intimidad del coche, cuando solo estaba mi familia, mis padres lo llamaban manirroto, nuevo rico. Era el clásico hombre hecho a sí mismo.

El padre de Carlos siempre se empeñaba en invitarnos a copas, e incluso a veces se animaba a pagar toda la cena. Decía: «Coño, que a esto invito yo, recórcholis», sacándose la cartera del bolsillo del pantalón. Entonces los adultos empezaban a gritarse durante un rato para impedírselo hasta que dejaban que él pagase, que sospecho que es lo que en el fondo querían: que pagase y se callase. El padre de Carlos también compraba regalos para nosotras, las crías: algodón de azúcar, prismáticos, globos de feria. Nos llamaba sobrinas aunque no éramos sus sobrinas. También creía en el milagro de Aznar. Lo repitió varias veces durante aquel viaje. Aznar y la inmigración controlada eran dos de sus temas capitales. «Yo tengo cinco moros en mi empresa y me trabajan muy bien. Si vienen a trabajar, ningún problema, pero que vengan a trabajar. Yo ya sabéis que no soy racista», decía sorbiendo el vino de un vaso y empapándose el bigote. A veces resultaba extremadamente incómodo. Antonia tenía un pensamiento parecido aunque hablaba menos en la sobremesa. Mi padre se ponía negro cuando los oía hablar. Cuando hablaba de todos los moros (cinco) que tenía a su cargo, mi padre le decía: «Pues hazles contrato, cabrón». No contestaba. O si contestaba, chasqueaba los dientes y decía: «Oye, yo les doy trabajo». En la sobremesa de los bares mi padre se irritaba hablando de política, se ponía furioso; cuando el volumen subía más de la cuenta, sacaba su paquete de Marlboro y salía a la calle, casi siempre a fumar solo. A veces yo creía que mi padre odiaba a todo el mundo, incluida a mí y a todos los niños. Los otros gritaban, desde dentro y a veces borrachos: «¡Ya está el comunista!». Pero, en realidad, mi padre era socialista.

Aquel verano las niñas vestíamos pantalones pirata de todos los colores. Mi hermana no se quitó una camiseta de las Supernenas hasta que mi madre le dijo que ya era una chica mayor y que empezaba a sudar y a oler mal. Se la quitó inmediatamente. Yo contemplé esa escena desde la sombra (fue en medio de una excursión, en un lago). Desde fuera siempre asistía fascinada a las conversaciones entre mi hermana y mi madre sobre hacerse mayor. Mi hermana ya usaba esos tops para sujetarse sus primeras tetas con forma de puntas de lápiz y a mí solo me entraban muchas ganas de llorar. Mi hermana se hacía mayor y yo me quedaba atrás. En parte por eso, supongo que confraternicé tan bien con Carlos. Mis preguntas de niña de nueve años le resultaban graciosas. Me aprendí las canciones de Estopa sin comprender muy bien de lo que hablaban porque siempre pedía sentarme a su lado en el coche. Como esa canción que decía lo de «y luego miro pa'arriba / para cargar la pistola / matar dos monstruos de un tiro / el primero es la agonía y el segundo es el vacío». Mi hermana me miraba, como avergonzada de mí.

Ese verano también nos acompañaban otros amigos de mis padres que tenían dos hijas de edades muy parecidas a las de mi hermana y la mía. Se llamaban Sara y Marina. Sus padres tenían un bar enfrente del ambulatorio. Era el bar

Coquito, punto de reunión predilecto de jubilados y borrachos. Se trataba del tipo de matrimonio que había estado a punto de divorciarse cientos de veces y que discutían sin mucho disimulo delante de la gente. Clásica gente experta en incomodar al resto. Cada tanto, la mujer descubría alguna aventura del hombre de las formas más predecibles: revisando una factura, el historial de internet o los mensajes de texto del móvil. La última vez la mujer descubrió que incluso era posible que su marido tuviera en Zaragoza una hija ilegítima medio colombiana de dos años y medio. La mujer lo había perdonado otra vez, aunque se decía que esta era la última. El hombre también se había visto envuelto en algunos trapicheos con drogas y ajustes de cuentas. En las fases en que estaban reconciliados, Arturo se comportaba como un marido ejemplar. Coincidía precisamente con este viaje. No paraba de decir «mi señora», la cogía de la cintura y la miraba con orgullo. La mujer se esforzaba en estar guapa, siempre se maquillaba, y antes del viaje se cortó el pelo y se lo tiñó de caoba, como si quisiera revelarse al mundo como una nueva mujer. Todos los adultos se comportaban como si nunca hubiera pasado nada. Eso era raro. Para mi hermana y para mí, cuyo máximo temor infantil era el divorcio de nuestros padres, el matrimonio Coquito era un mal referente, casi una amenaza, una pequeña intuición del precipicio oscuro y hondo que podía llegar a ser la vida adulta y que nosotras, para entonces, desconocíamos. Cuando eres niña, crees que los padres solo pueden hacer cosas ejemplares, y luego te enteras de que solo hacen lo que pueden.

Sara, la hija mayor de los Coquito, había empezado el instituto y todo el rato amenazaba a sus padres con el hecho de que ya tenía trece años. Se sentía muy poderosa y supongo que también era consciente del hondo precipicio en el que andaban metidos sus padres. Nos compramos una cámara desechable y nos íbamos parando en todos los sitios para hacernos fotos como si fuéramos Los Ángeles de Charlie. Al ser cuatro niñas, nos íbamos turnando para que en la foto solo saliéramos tres. Sara, que se había inventado el juego y era la mayor, nunca se quedaba fuera de la foto. Era muy lista. Supongo que Sara fue la primera del viaje en encapricharse con un bolso de tela negro y una lunita de color amarillo. Cuando ella se lo compró, todas reclamamos lo mismo.

Por las noches, salíamos todos los padres y todos los niños a cenar a unas terrazas. Todos teníamos ese aspecto tan lavado de las noches de verano: duchados y vestidos; los hombres con pantalones largos y polos de colores, las mujeres con vestidos largos y faldas de lino.

Las niñas estábamos a esas alturas ya muy morenas y casi indistintas las unas de las otras. Nuestras piernas flacas asomaban por debajo de la ropa. Yo llevaba unos pantalones cortos, una camiseta con purpurina en la que ponía «Princess» y una diadema a conjunto. Carlos me llamaba enana, me daba sustos por la espalda y una vez me dijo que yo le caía bien porque aún era muy niña y jugaba a cosas de correr.

Un día Sara nos convenció a todas de que sería divertido ir a Guadalix de la Sierra para intentar acercarnos a la casa de *Gran Hermano*. Era el verano de la segunda edición, el que ganó Sabrina. Sabrina tenía veintitrés años cuando ganó y me parecía una persona muy mayor. Me gustaba su pelo rizado. Mi hermana y yo habíamos seguido con entusiasmo la primera edición y las dos nos considerábamos más o menos enamoradas de Koldo. Mi hermana me dijo que ella lo había dicho antes, así que yo acepté que Ismael Beiro tampoco estaba mal. A todas nos pareció una buena idea ir a visitar la casa de *Gran Hermano*.

En mi cabeza yo me imaginaba la casa de *Gran Hermano* como una especie de nave espacial. En la televisión yo había visto que la casa estaba llena de cables, rodeada de instalaciones robustas de color blanco metalizado, pasadizos y espejos llenos de cámaras. Yo la veía más como nave que como casa. Me pregunté si las casas del futuro serían así, con sofás tan grandes y jacuzzis. Sara se sacó un mapa del bolsillo del pantalón. Lo había robado de la guantera de su padre. En el mapa estrujado había señalado la que creía la ruta correcta. Había que tomar la M-625 en dirección a Guadalix. Los concursantes siempre tienen frío y llevan anoraks. Me pregunté si la gente en Guadalix dormiría con edredón también en verano. Ellos me enseñaron la palabra «edredoning».

Marina desconfiaba de la ruta de su hermana, pero mi hermana aseguró que, aunque no conocía mucho a Sara, parecía que sabía de lo que hablaba. Yo no sabía cómo íbamos a engañar a nuestros padres para coger esa carretera, parar en un merendero y salir corriendo todas a la vez cuando estuviéramos a una distancia razonable, desde la que pudiéramos ir caminando a paso ligero. Esa era la idea de Sara. Había calculado el tiempo medio que tardaban nuestros padres en comer y hablar (mucho) y aseguraba que nos daba tiempo de sobra si lo hacíamos todo bien y ninguna de nosotras se entretenía por el camino. Los chicos no podían saberlo.

El día en que estábamos hablando de todo esto, pregunté en voz alta qué haríamos en caso de acceder a la casa, cuál era el plan. Los concursantes no estaban, el programa había acabado y no podríamos enviarles ningún mensaje secreto desde el exterior. Pensé que si las vallas no eran muy altas, tal vez podíamos trepar y quizá meternos en la piscina. O simplemente conformarnos con mirarla y comprobar lo grande que era desde fuera. Nadie me contestó, sospecho que por ser la más bajita una vez más. Tuve que concentrarme mucho para no contárselo todo a Carlos, que seguía siendo mi amigo pero menos, y se olía que algo estábamos tramando porque ahora las niñas pasábamos mucho más rato juntas. Siempre pensé que Sara disimulaba fatal y que Carlos Molero se sentía abandonado.

«¡Te lo tiraste! ¡Hija de puta! ¿Y Hugo? ¡No me has dicho nada hasta ahora! ¡Nunca he follado en catalán! ¡Ahora cuéntame cómo es eso!» Yaiza se ha enterado de que efectivamente sí que pasé una noche con Pau y no se lo había contado a ella. Ni a Hugo. Se ha dado cuenta al mirarme fijamente después de un rato mientras se arrancaba pieles de los dedos. Yaiza no paraba de preguntarme cuál era mi situación actual con Hugo, yo estaba exhausta después de una hora de conversación.

—A ver, entonces, ¿dices que os habéis dado un tiempo?

—Sí, eso.

—¿Y para qué? Pero ¿no lo tienes ya claro?

—Bueno, para pensármelo mejor.

—¡Cobarde! —exclama; sabía desde el primer día que me llamaría cobarde—. Y seguro que Hugo no sabe que has conocido a Pau. Quiero decir, aunque no hayáis hecho nada, está claro que pasa algo con ese chico, ¿no?

Me quedo en silencio sin inmutarme y miro hacia otro lado.

—Ah, que sí que ha pasado algo. Dios, me muero. No tienes solución, hija.

Yaiza exagera su pose de dolida porque dice que ahora hago mis confesiones a otros amigos que ella no conoce. «Tus amigos de la uni», dice con un tono recriminatorio. Le explico que la primera vez fue a principios del verano, justo el día antes de que Hugo se fuera al camping. No se lo conté a Yaiza, pero tampoco a nadie, ni siquiera a Ane. No quería que todo el mundo pensara que yo era una mala persona. No contarlo a nadie hace que me sienta mejor, como si no hubiera pasado del todo.

Para Pau es evidente que sí que ha pasado algo entre nosotros, porque desde entonces no para de enviarme canciones, artículos, mensajes ambiguos y en un correo definitivo, antes de que quedara con Hugo para intentar dejarlo, me dijo «Me gustas mucho. En serio, deja a tu novio», y me enlazó una canción de amor de Billie Holliday que decía que le recordaba a mí y a mi lunar de la espalda.

Pau siempre se muestra afable con la gente, habla despacio y pausado, lleno de palabras precisas que asocio con la intelectualidad. Pau tiene cierta fragilidad ósea, también en el habla, no es muy alto y es absolutamente flaco. Sus piernas son mucho más finas que las mías. Con los chicos de piernas finas me siento gorda. Nunca eleva el tono de voz, ni se enciende en una discusión, siempre dice algo y hace alusión a otra cosa distinta, su discurso está plagado de referencias y pliegues. Definitivamente mi madre lo describiría como «un chico majo y muy educado». Mi padre, como un «tirillas». Me asomo a él como a una especie de abismo. Cuando la cosa se pone demasiado intensa, demasiado elevada, es decir, cuando no me estoy enterando de lo que me cuenta y ya he mentido demasiadas veces seguidas, solo quiero bajar de ese tren y ser arrollada por otro tren, no despertar hasta la próxima cita. Hay algo de adictivo en esas conversaciones que me hunden hasta el fondo durante algunos días, pero a las que luego necesito volver. Pau aparenta austeridad en su forma de vestir: menorquinas, bermudas y alguna camiseta básica azul o blanca. No tengo claro si solo tiene un poco de dinero, bastante dinero o mucho dinero. Mi padre siempre dice que hay dos tipos de personas ricas: los reloj-camisa de manual o la gente que tiene mucho, pero no se le nota. Creo que estoy ante el segundo caso.

Pau vive en Les Corts y tiene una hermana llamada Julia que vive en una casa okupa en Vallcarca. Pau es el hermano menor. Habla un inglés perfecto (lo sé porque es capaz de ver series sin subtítulos), un francés notable y está aprendiendo alemán porque quiere irse a vivir a Berlín después del verano, cuando cumpla veinticinco. Tiene una casa familiar en Mallorca porque algunos parientes suyos son de allí. Tapa la manzanita de Apple de su portátil Mac con una pegatina de Nick Cave en blanco y negro. Tiene una cuenta en Last.fm, Paugt3. Cuando quedamos yo ya sé toda la música que ha escuchado durante la semana, pero no se lo digo. Pau se pone raro cada vez que habla de su padre, por lo que intuyo que entre ambos hay una relación complicada.

Le gusta quedar por Gracia y beber cervezas y sentarse en la plaza del Sol a charlar. Al principio me aterrorizaba la idea de charlar tanto tiempo con él sin estar borracha, así que siempre bebíamos. Al principio también me aterrorizaba la mera idea de quedar por Gracia, lugar que no controlaba, y que a veces fingía conocer con más o menos estilo. «¿Entramos a este bar?» «Ah, sí, claro, este bar.» Cuando caminaba me sentía torpe, como si él pudiera torcer en cualquier momento a la derecha y yo pasara de largo, revelando toda la verdad, que no me sabía ningún camino y, en realidad, lo estaba siguiendo todo el rato a él.

Pau ha estudiado Humanidades y está cursando un máster de Filosofía Clásica. Se gasta mucho dinero en libros, discos y películas. Tiene la casa llena, muchos de esos objetos están sin abrir. He empezado a ir al cine en versión original por él. Se sorprende, aunque intenta disimularlo, cada vez que descubre que no he visto muchas películas. *Pulp Fiction. La Dolce Vita. Ciudadano Kane. Metrópolis. El Padrino.* Yo sé que Pau intenta contener la extrañeza, pero a veces no puede esconder su incredulidad. «¿Esta tampoco? ¿En serio? Tenemos que verla.» «¿Kurt Vonnegut? ¿No lo has leído? Te lo regalaré.» Yo intento aparentar normalidad, pero el corazón me late rapidísimo. Acabo cada cita como si de un maratón se tratara. Exhausta. Quedar con Pau me consume energía. A Pau le parece «muy gracioso», dice, la forma en que pronuncio la *ge* y las *eses*, le digo que se nota que nunca ha estado en mi barrio porque mi catalán es, sin duda, de los mejores de ahí. Él responde, como siempre sereno, con media sonrisa: «Si dejaras a tu novio, podrías invitarme a tu barrio y presentarme a tus amigos». Eso de presentarle a mis amigos está lejos de suceder. Pero le contesto que ya veremos.

El día que nos acostamos por primera vez fue después de ir al cine. A la salida nos encontramos a unos amigos suyos que empezaron a comentar la película de forma relajada, en un tono de voz discreto, pero entusiasta. Todos la habían visto ya más de una vez porque era un «clásico del cine», así que todas las miradas se centraron en mí. Llevaban gafas de culo de vaso y ropa que a mí me pareció original y con un toque antiguo.

—Oh. ¿No la habías visto? —preguntó uno de ellos.

—¿Y cómo es eso? —inquirió otro.

—Te ha gustado, ¿eh? —otro más.

—Me ha gustado —mentí; se me había hecho larguísima—. Y los paisajes, sobre todo, me me han parecido muy chulos.

Al momento me arrepentí de haber dicho eso. Paisajes. Chulos. Esa frase podría haberla dicho mi madre. Me sentí vulgar y fuera de lugar.

Ellos continuaron hablando de la fotografía de la película, de un plano secuencia que decían que era poderosísimo y maravilloso, pero también algo tramposo porque se ve que habían utilizado tres cámaras diferentes para rodarla:

una en un helicóptero, otra en una grúa y otra a mano, y entonces, decían, no era lo mismo, pero valía la pena de todos modos porque era una «puta obra maestra». Yo me quedé callada hasta que se fueron. La conversación había tenido lugar allí al lado pero era como si una cinta aislante me impidiera recordar nada de lo que había pasado. La sensación era muy parecida a escuchar a la gente como si yo hubiera estado metida en una pecera. Pensé que nunca íbamos a acostarnos después de eso, pero la verdad es que sí que lo hicimos. Pau me invitó a su casa y por el camino me preguntó si me pasaba algo y por qué me había quedado tan callada. Le dije que me había dado un poco de dolor de cabeza, pero que ya se me estaba pasando. Tampoco quería disuadirle de la idea de follar.

Nos fuimos a su casa y nos acostamos por primera vez. El grosor del pene de Pau era ligeramente superior al de Hugo. Al cabo de unos días, encontré un plátano en la frutería de exactamente su mismo grosor y pensé en escribirle, y, de hecho, al cabo de un par de días se lo dije. «He comprado un plátano del tamaño exacto de tu pene.» Me contestó con una carita sonriente. Entendí que era el grosor lo que importaba y no tanto la longitud. Más allá de eso, a efectos prácticos, el sexo fue más o menos parecido a todas mis primeras veces con chicos, solo sentí un poco más al principio, en el primer contacto, pero nada más. Pau se corrió rapidísimo, dijo que era «porque yo le imponía mucho» y me preguntó si yo «había llegado» y dijo que luego lo volveríamos a intentar. Yo le dije lo que siempre decía: «No pasa nada. No te preocupes. Estoy bien». Luego estuvimos un rato tumbados en la cama, él me acariciaba las piernas y yo las colocaba de forma que parecieran más delgadas. Me contó que su padre era crítico cultural en un periódico y su madre arquitecta. Me cuadró todo. Era la primera vez que estaba en la cama con una persona de mi edad con padres universitarios. Yo le dije que mi madre trabajaba en una clínica dental y que mi padre era chófer. Era el recurso que utilizaba para no decir «secretaria» y «transportista». Al momento me sentí mal por eso, por haber hecho eso otra vez, pero tampoco me atreví a corregirlo. En ese mismo piso, que era inmenso y compartía con otro estudiante, Pau tenía un piano.

—¿Tocas el piano? —le pregunté para cambiar de tema.

—Bueno, un poco, hice solfeo unos años. Aunque a mí lo que me gusta es tocar la guitarra. ¿Tú tocas algún instrumento?

—¿Yo? No, no —cambié de tema rápidamente.

Me quedé un rato observando los títulos de sus libros, apilados en columnas en el suelo, y también en estanterías, fingiendo indiferencia. Como si hubiera visto eso muchas otras veces. Me dijo que me llevara el libro que quisiera, pero decliné la oferta. No quería pensar qué libro elegir ni dar explicaciones sobre la elección. Me dijo que tenía un tío abogado y que podía hacer prácticas en su despacho. Le pregunté si no me estaría sobornando con contactos a cambio de sexo y que, en cualquier caso, me parecía bien. Se echó a reír. En ese momento le pareció que yo era una chica divertida que había dicho algo gracioso.

El sonido de mis tripas se oía tan fuerte que a veces interrumpía la conversación. Era la primera vez que él lo oía y me pareció que eso era exactamente la intimidad: el rugido de las tripas después del sexo. Yo intentaba hacer coincidir una especie de tos con el sonido de mis intestinos. El ruido de la intimidad me ponía de los nervios. Por otro lado, seguía pensando en el encuentro a la salida del cine con sus amigos. Me había dejado la misma sensación de derrota que el día de la fiesta. Quise quedarme en aquella habitación y a la vez irme cuanto antes, volver al barrio, quedar con Yaiza aunque fuera para no contarle nada, solo quedar con ella, estar a salvo. Sentí que había sido un día absurdo y ni siquiera sabía si había estado bien o no.

—Pero ¿por qué no me habías contado nada de todo esto? Eres mi amiga, no se lo voy a contar a Hugo —vuelve Yaiza.

—Solo fue una vez —miento.

La verdad es que han sido bastantes más.

La mecedora donde ahora está sentada mi abuela con la pierna estirada la compramos en el Conforama cuando mi abuela aún salía del barrio. Lo hicimos un verano, después de ir a Ikea. Era la primera vez que mi abuela pisaba un Ikea y le pareció un sitio extrañísimo, lleno de flechas y objetos inútiles. Miraba todo con reprobación y no paraba de decir que no *era menester* toda esa cantidad de cacharros. Cacharros que le parecían insulsos y todos muy parecidos. El estilo sobrio escandinavo no casaba bien con ella, que ese día apareció vestida con su falda importante de las comidas familiares, una blusa estampada de flores rojas y anaranjadas y un collar de perlas que daba bastante el pego aunque era del todo a cien. Más: pelo empapado en colonia, bolsito de mano negro lleno de pañuelos usados, billete de cinco euros aplastado entre el sujetador y las tetas y el abanico, su inseparable abanico. Después de veinte minutos esperando a que bajara, mi madre le dijo que no hacía falta arreglarse *tanto* para comprar una mecedora, y ella me miró a mí y me dijo que siempre hacía falta arreglarse *tanto*, sobre todo si no creías en Dios. Entendí que de algún modo el Ikea y el Conforama operaban ese día como un templo sagrado al que ir a profesar un tipo de fe, aunque solo fuera la de gastar dinero para comprar una mecedora.

Entonces yo tendría unos nueve años y llevaba una riñonera y jugaba a Pokémon con una Game Boy Color verde fosforito que me había regalado mi tío Juan Carlos. Fui de las primeras de la clase en tenerla, y eso era indudablemente un motivo de orgullo. Me la llevaba siempre que había que coger el coche y aunque el viaje a Badalona era muy corto y de sobra conocido. No quería renunciar ni un rato a eso. En el Conforama nos encontramos por casualidad con unos vecinos del barrio. En el carrito cargaban una alfombra. Estuvieron un rato hablando del colegio, de las niñas, que éramos nosotras y asistíamos a la conversación como si no hablaran exactamente de nosotras. Hablaron de actividades extraescolares, de los colegios del distrito, ordenados de mejor a peor, y se resaltó que Judith, la niña que estaba enfrente de mí, era la primera de su clase en natación. Todo un logro que se anunció como si fuera algún tipo de ventaja vitalicia. Las dos nos miramos con timidez, Judith cogida del brazo de su madre. Las madres forzaron una conversación entre nosotras que finalmente no sucedió. Se nos preguntó si recordábamos que habíamos ido juntas a la guardería y dijimos que no. Nos despedimos con un abrazo. Cuando aquella familia se hubo alejado, mi abuela le contó a mi madre que esa era la hija de Toni y Daniela, la de la droguería, y que tenía al hermano en la cárcel por algún delito menor que cometió durante un brote de esquizofrenia. Pregunté en voz alta qué era la esquizofrenia, y mi abuela me dijo que era algo que te *salía* cuando te drogabas y que por eso no había que drogarse. Me quedé callada. Compramos la mecedora, que era a lo que habíamos venido, aunque mi abuela y mi madre estaban tan enfrascadas en la conversación que daban tumbos de un lado a otro sin mirar hacia ningún lado en concreto. Yo las seguía y me perdía por los pasillos.

Me imaginé al hermano esquizofrénico de esa mujer como un hombre malvado con la cara llena de marcas de viruela, aunque en ese momento no sabía que eso era la viruela, solo sabía que ese tipo de cara era el de las personas malvadas. Mi madre seguía hablando con mi abuela sobre aquella familia, a quienes directamente acabaron catalogando como desgraciados porque otro hermano se había *colgado*, que quería decir suicidado (deduje), y otra hermana se estaba rehabilitando en un centro social después de años de indigencia. Dijo mi madre que la vida era un calvario para algunos y que algunas familias parecía que tenían la negra. Mi madre y mi abuela me miraban, entonces, satisfechas al ver que todas las partes de mi cuerpo funcionaban correctamente y las de mi hermana también, y las de ellas también aunque eso era lo menos importante. Me miraban con ternura y alivio y maternalismo, del mismo modo en que se miran cuando ven a un niño minusválido babear en una silla de ruedas y se alegran de que ese niño no sea yo, ni mi hermana, ni ningún primo ni pariente lejano o cercano. Pregunté qué era eso de tener la negra, si tenía que ver algo con las personas negras, y que si tener la negra era una forma de llamar a la suerte, a lo que mi madre contestó:

—La suerte, bueno. Es una forma de decirlo, porque la suerte no existe. Los pobres siempre son más desgraciados que los ricos, y también envejecen más rápido. Eso que no se te olvide. ¿Tú no te has fijado en que la gente de dinero tiene como otro brillo? Se gastan dinero en eso. Yo si pudiera me quitaba las bolsas de los ojos y me estiraba los párpados y todas estas arrugas. —Y hacía el gesto de estirarse la cara—. Anda que no cambia la cosa.

—Pero la verdad es que nosotros no nos podemos quejar. Nos ha salido todo estupendamente. Que no se tuerza —agregó mi abuela.

Entonces mi abuela se santiguó ese día sin ser ella muy creyente, algo que hacía todas las veces que se hablaba de cosas feas en su presencia. Lo hacía como un ritual profano. Cero sentimiento. Solo rutina y hasta desdén.

—Pero si tú no crees en Dios, yaya —le dije, tirándole de la blusa.

—Es por si él cree en mí.

La mecedora sigue intacta aunque ya tiene la forma exacta del culo de mi abuela. Hace años se hizo un tapete de ganchillo a conjunto y ahora tiene la pierna estirada. Le he traído un café con leche y sobaos para que acompañe los calmantes para el dolor. Al verme entrar, me ha saludado con todos los nombres posibles de primas hasta que por fin ha dado con el mío. En la tele hay un concurso de preguntas. La abuela habla intercalando eructos, eructos sinceros que llegan como de las profundidades. Me temo que es algo hereditario. Mi madre eructa exactamente igual. Mi herencia serán eructos y bisutería del todo a cien.

—Estoy muy mal. ¿Cuándo me llevan a mí al tinte? —Y eructa.

—Hola, yaya —respondo.

—Estoy harta de estar en casa.

—Tienes que hacer reposo. Te has roto el tobillo.

—Pero no puedo estar así.

—¿Así cómo?

—Despeinada, sin lavar, tengo que limpiar la casa. ¿Quieres que te traiga un zumo o un batido de cacao? ¿Has merendado? —persiste, terca, y hace ademán de levantarse, pero no puede.

Sus muñecas flacas se tambalean.

—Tienes que estar quieta. No es tan difícil estarse quieta.

Mi abuela ahora no me escucha. La observo con su bata rosa de flores, se intuyen sus tetas grandes y abandonadas en el interior de la bata y pienso en el tamaño de las tetas de mi abuela. Cuando yo pensaba que no iba a tener tetas, mi abuela me señalaba las suyas. Le llegaban hasta el ombligo. Alguna vez pude tocarlas. Años más tarde, después de comer mucha miga de pan y rezarle a un dios, yo también tuve las mías. Brotaron de golpe, un verano, como dos amapolas: primero, la puntita; luego ya eran unas tetas que se parecían más a la idea que yo tenía de una teta. Mis tetas no tenían el pezón siempre respingón, como en las películas, eso me pareció decepcionante. Mis tetas iban a ser eso que ahora colgaba de mí: dos protuberancias, respetablemente grandes, rosadas y separadas. Reajusté mis expectativas entre las tetas peliculeras y las mías y al final me sentí rebosante y completa. Mi abuela tenía razón, las tetas salían. Adelante con el resto de la vida.

—¿Y qué hago yo aquí? Coge dinero del bolso y vete.

No hace ni diez minutos que me he sentado y ya intenta agradecerme la visita con un soborno de cinco euros. La verdad es que con las pesetas solía ser más generosa, pero ahora tiene una idea bastante difusa del valor de los euros. Le digo que no hace falta e insiste en que lo coja para un helado con el amigo, que quiere decir el novio. Pienso en Pau y Hugo comiéndose el helado, a la vez, y yo en medio, en ninguna parte. Ese escenario es imposible más allá de mi imaginación. Pau y Hugo no hablarían de nada, no tienen nada en común, pienso. Me siento al lado de mi abuela, la observo, tan delicada, sus facciones se han ido transformando, la piel se estira y se cae casi en pellejos, su nariz es otra, más puntiaguda que cuando tenía sesenta o cuarenta años, y las orejas se le han ensanchado, como si estuvieran cansadas también de ponerse pendientes tan pesados. El cuerpo se agota de estar presentable, las cosas del cuerpo se gastan.

—¿Para qué has venido? —retoma mi abuela—. ¿No tienes nada mejor que hacer? ¿No tienes que estudiar o que hacer deberes?

Mi abuela siempre cree que tengo que estudiar o que hacer deberes. Mi abuela cree, de hecho, que el colegio no ha terminado. No termina nunca.

—En la universidad no hay deberes en verano y mamá me ha dicho que venga a verte y que te prepare la cena.

—¡Pero si tú no sabes hacer nada de eso! —gruñe.

Mi madre necesita saber las horas a las que suceden las cosas que ella se pierde. La precisión temporal la tranquiliza desde la distancia. Le da placer. La sitúa en el marco temporal que necesita para imaginar qué hacen sus hijas mientras ella está trabajando. Sus hijas viajan con vuelos baratos a capitales europeas, sus hijas van al cine en versión original, sus hijas estudian y aprenden inglés en la Escuela Oficial de Idiomas, sus hijas están en el centro con gente que ella no conoce, sus hijas conocen gente en sitios, más gente de la que jamás ella ha conocido. Sus hijas toman el metro y todo tipo de transportes públicos. Sus hijas. ¡Qué espabiladas! Hablan tan bien. Las horas a las que todo eso pasa son importantes para mi madre porque le ayudan a visualizarlo. Necesita recrearse en eso.

—¿Fuiste a ver a la yaya?

—Sí. Fui.

—¿A qué hora?

—Qué más da eso, mamá, no sé, ¿a las seis?

—¿Y luego qué hiciste?

—Fui al cine.

—¿Con quién? ¿Con Hugo? ¿A la sesión de las ocho?

—Sí, mamá, a las ocho. No, con Hugo no. Con un amigo de la universidad.

—Un amigo. ¿Qué habéis visto?

—Una película de un director iraní.

—¿Cómo se llama?

—Qué más da, mamá, si no lo vas a conocer.

—Bueno, dime el nombre. Qué más da que no lo conozca. Por saber.

—Qué pesada.

—Bueno, ¿y ha sido bonita la película? Cuéntame algo más.

—Un poco inquietante.

—¿Inquietante? Pero ¿era de miedo? Pero si a ti no te gustan las películas de miedo.

—Bueno, miedo miedo... es un thriller psicológico.

—Ah, que no da tanto miedo.

—Bueno, que juega con la mente *y eso*. Bueno, mamá, que te dejo, que estoy haciendo cosas, tengo que colgar.

—Vale, hija, no te entretengo más. ¿Vienes a cenar? Avisa si no vienes a cenar. Un beso, cariño.

Cuelgo a mi madre con esa sensación de que podría haberlo hecho mejor. Tres minutos de llamada. Nada te impedía ser mejor persona, sin embargo has decidido no serlo. Alguna vez me entran ganas de enviarle un mensaje: «Perdona por ser tan estúpida». Pero al final no lo hago. Estoy encerrada en uno de los lavabos del cine. Pau me espera a la salida mientras yo estoy meando. Me quedo mirando fijamente la puerta del baño hasta que alguien pregunta si está ocupado. No hay papel y me quiero limpiar y asegurarme de que todo está limpio ahí abajo y huele bien. Es posible que hoy duerma con Pau otra vez. Otra vez llevo una de esas bragas estúpidas con un lacito en la parte frontal, tengo que renovar mi surtido de bragas. Con Hugo no me importaba, con Pau sí. Compruebo que mis bragas están, al menos, más o menos limpias, solo tienen una mancha vieja de regla. Calculo que si me quito rápido las bragas durante el sexo y no hay mucha luz, ni se dará cuenta de la mancha. Hago la prueba de pasar el dedo por mi vagina para ver cuál es el estado olfativo. Me gustaría remojarlo con agua un rato, me gustaría comerme a mí misma para asegurarme que sabe bien. Me pregunto no tanto a qué sabe un coño, sino a qué sabe mi coño concretamente. Pruebo a arrancar el lacito, pero concluyo que el desastre será mayor y que siempre es mejor presentarse con bragas de niña que con unas bragas agujereadas. O no, quizá no. Quizá sería mejor llegar completamente perforada. No sé por qué aún no soy esa clase de chica, me gustaría profundamente.

El camino a casa de Pau me empieza a resultar cada vez más familiar. Ya conozco a su compañero de piso, un tipo llamado Bernat, estudiante de Periodismo. Pau dice que es un tipo que colecciona periódicos de todos los países, un nostálgico que se niega a dejar de comprar diarios y lee cada mañana el diario *Público* en papel. A Pau le parece que «no está entendiendo la magnitud de internet». Pau se muestra pesimista con el futuro del papel y del periodismo tradicional, el cual cree que inevitablemente morirá, al menos tal y como lo conocemos. Los periodistas, asegura, están condenados a reinventarse. Sin embargo, el oficio, dice, nunca desaparecerá. Hay más lectores que nunca. Ese año todo el mundo habla del declive de la prensa, y Pau parece que sabe mucho porque leyó un reportaje muy extenso en el dominical de la semana pasada. «¿Sabías que el *New York Times* perdió dinero en 2008 por primera vez en cincuenta años?» Pau cree que el estilo periodístico de su compañero de piso es bastante mediocre. Le digo que me parece que está siendo muy duro y que intente disimular que él es hijo de un crítico cultural. Eso le hace gracia y me pide que le avise cada vez que se pase de listo.

—Es mucho trabajo si no me pagas —le digo.

Se ríe y me da un golpecito suave en el hombro.

—El futuro del periodismo digital está en los blogs, blogs especializados, serán las comunidades y la audiencia quienes producirán la mayor parte del contenido. El rol del periodista será el de seguir las conversaciones de esa comunidad. El problema será cómo monetizar esos blogs y cómo combatir el intrusismo laboral —me explica Pau—. Yo, por ejemplo, tengo un blog de literatura con unos compañeros de la carrera, lo hacemos de forma altruista y porque nos gusta. Si nuestro blog acaba siendo un medio, ¿estamos quitando trabajo a los periodistas? No lo sé. O los periodistas se ponen las pilas con su capacidad de innovar o rápidamente quedarán obsoletos por nuevos formatos y perfiles de profesionales...

—¿Ah, sí? ¿Sobre qué escribes?

Decido aferrarme a esa pregunta, me parece más fácil, no conozco tan bien el tema como para ponerme a hablar como Pau, y además la conversación sobre el futuro del periodismo digital me parece francamente aburrida.

—Escribo sobre libros que leo. Ahora estoy escribiendo sobre las escuelas como centros represivos; las escuelas alienan, son como cualquier otra institución al servicio de los poderes hegemónicos. Thomas Bernhard dice que la escuela es una asesina de niños. Las escuelas en general, y las escuelas primarias en particular. Yo no fui a la escuela primaria.

—Ah. ¿Quieres decir que te educaron en casa?

—Claro. Hasta los seis años. ¡Me parece que debería ser algo más común! No soporto a los padres que llevan a sus hijos a las escuelas y se desentienden de todo, como si los colegios fueron aparcamientos de niños, y luego los van a buscar y, oh, sorpresa, se saben las tablas de multiplicar. ¡Pero no saben nada! Para mí las escuelas deseducan. No te enseñan lo importante. Alienan.

—¿Y quién te enseñó lo importante?

—Mi padre. Bueno, es una historia larga. El caso es que mi padre aún estaba en casa en ese momento... Pero también mi madre y mi abuela. Mi abuela era increíble. Ojalá la hubieras conocido. Era pintora. ¿Te he contado que vivíamos en Mallorca, en una cueva? Éramos un poco hippies.

—Pau, me parece precioso eso que dices, pero es ridículo pensar que todo el mundo puede hacer eso... Ser hippies, vivir en Mallorca y tener una educación increíble en casa. Me parece que no estás siendo realista, ¿no? —le digo inquisitiva.

No se me escapa que me ha hablado de su padre. Algún día tendré que preguntarle.

—Lo que digo es que los padres *deben* implicarse en la educación, todo lo demás me parece pereza, vagancia. Si esperas que el colegio se lo enseñe todo a tus hijos, ¡no tengas hijos! Foucault también dice que los colegios son como las prisiones y los manicomios, instituciones de regulación moral y social. Se basan en estructuras de poder y control disciplinario. No ayudan a cultivar un espíritu crítico. No hay espacio para la imaginación. ¿No te da pena que los niños crezcan sin imaginación?

—Ya, creo que entiendo por dónde vas, pero no creo que los padres no se impliquen más por vagancia... La mayor parte de las veces creo que es porque no les queda otra. No sé si me explico... Supongo que la vida te pasa por delante —contesto.

Su rollo de los niños y la imaginación y su incapacidad para entender lo que le explico empieza a darme un poco de rabia.

—Perdona si te he aburrido. Es que en casa siempre se ha hablado mucho de las escuelas libres o alternativas, todo eso. A mi madre le interesa mucho el tema.

—No, a ver, si a mí me parecen muy bien todas esas escuelas, solo digo que el apoyo de la familia no siempre es tan fácil y que no todas las familias pueden implicarse tanto, ¿sabes? —Sigo dubitativa—. Además, piensa dónde estudiaste tú y si eso puede pagarlo todo el mundo.

Ahora se queda con una cara medio seria, está a punto de decir algo más, pero finalmente se queda callado.

No conozco del todo su escuela, pero sé que es una de

esas escuelas privadas que llaman de élite. Aparece en el ránking de mejores centros de Barcelona. Está ubicado en un barrio de esos de clase media progre y gente con padres de profesiones liberales. Dicen que los patios son como miradores naturales que dan a la montaña y desde los que se ve toda Barcelona. Parece que los niños no se ponen nerviosos ahí, rinden más. Viven felices como vacas felices. Cuesta más de cuatrocientos euros al mes.

—¡No me puedo creer que no te des cuenta de que *eso* que tú has hecho no puede hacerlo todo el mundo! —Me sorprendo a mí misma por la convicción y el aplomo con que verbalizo esta frase. Me siento orgullosa—. Antes que echar la culpa a los padres, ¿no habría que intentar que todas las escuelas públicas fueran buenas?

Él se queda un rato en silencio y asiente tímidamente, como reflexivo. Baja la vista y se mete las manos en los bolsillos. El camino a su casa lo hacemos en silencio, y me doy cuenta de que pensamos cosas distintas.

(Esto pasó el otro verano)

Nunca fuimos a la casa de *Gran Hermano*. Nuestros padres nos censuraron la iniciativa cuando se dieron cuenta de lo que Sara estaba tramando. Encontraron el mapa estrujado y Sara puso un tono extremadamente sospechoso cuando indicó a los adultos en qué merendero creía que teníamos que parar y luego qué carretera debían tomar. Nadie la habría creído. Ningún adulto en sus plenas facultades la habría creído. Sara disimulaba fatal, yo ya lo había dicho. La ruta ahora se desviaba hacia el sur. La familia de Sara y Yaiza se despidió de nosotros para continuar sus vacaciones por su cuenta, pero nosotros seguimos con nuestro viaje a Andalucía con los Molero y sus hijos. Eso significa que volví a estar cerca de Carlos e intenté recuperar nuestra relación, inevitablemente maltrecha después de días confabulando con el plan de Guadalix. Mis padres querían enseñarnos Andalucía porque nunca habían estado con sus hijos y les parecía que debíamos conocer lo que ellos llamaban intensamente «su tierra». Aunque decían que era *suya* —lo dijeron muchas veces durante aquel primer y único viaje al sur—, lo cierto es que en Cataluña apenas hablaban de sus respectivos pueblos natales, en Jaén; o de cómo era la abuela o ellos mismos antes de emigrar, ni siquiera se decía la palabra «emigrar», se hablaba de ir de un sitio a otro, o de que «antes» teníamos esto y «ahora» tenemos lo otro. Reconocía en las palabras y en los romances de mi abuela lo que yo creía que era Andalucía: cuchá, ea y eso es una chominá. O en mis padres, siempre en un terreno incierto, el de llamar *chamarreta* a la samarreta cuando hablaban catalán y luego vestirnos de flamencas para ir a la feria aunque ni siquiera sabíamos bailar sevillanas. Nunca lo suficientemente catalanes, nunca lo suficientemente andaluces. La única relación sincera que unía a mi familia con Andalucía eran unas transacciones periódicas de aceite de oliven virgen extra y la *Gran Enciclopedia de Andalucía* que estaba en el mueble del televisor y que jamás vi a nadie leer. Andalucía era, en mi cabeza de nueve años, una especie de marco más bien teórico, abstracto, puede que hasta ficcionado. Ni siquiera tenía muy claro que Andalucía existiera de verdad.

Me senté al lado de Carlos. Tardamos tiempo en volver a hablar con la misma confianza de hacía dos o tres días. La confianza que yo establecía con la gente era siempre escurridiza. Se disolvía enseguida y tenía que volver a empezar. Aproveché los silencios del coche para calcular a qué edad Carlos y yo podríamos ser novios. Cuando yo tuviera dieciocho años más o menos, Carlos tendría veinticinco.

No estaba mal. Pensé que los problemas matemáticos de la escuela tendrían que incluir premisas amorosas como la de Carlos y la mía, eso haría más útiles las matemáticas y yo sacaría más excelentes. Carlos, a mi lado, intentaba hacerme bromas, las mismas de antes, pero ya no tenían el mismo efecto. Estaba tan tímida como si lo acabara de conocer. Carlos cantaba sin parar otra canción de la maqueta de Estopa, que yo ya me sabía casi de memoria porque fue la primera que escuché y enseguida se convirtió en mi favorita. Era la que empezaba diciendo que fui a la orilla del río y vi que estabas muy sola. Carlos la cantaba en voz alta y la acompañaba con palmas; yo, a su lado, movía los labios flojito, por debajo de su tono, dejando claro que, aunque no cantara alto, también me sabía la letra. Mientras hacía eso, me sentía mayor y por lo tanto más cerca de Carlos. Mi hermana se había ido a otro coche porque decía que no soportaba vernos a mi madre y a mí cantar «de esa forma tan hortera».

—¿A que vamos a ir un día a visitar el bar de los padres de Estopa? —Mi madre se giró para mirarme desde el asiento delantero.

Carlos sonrió, divertido, y me dijo que no sabía que me gustaran tanto.

—¡Claro que le gustan! Si me ha dicho que compremos el disco cuando lleguemos a Barcelona. ¿A que sí?

—Sí, bueno —dije flojito.

Mi madre me estaba avergonzando.

—¡Eso es que tiene buen gusto la enana! —dijo Carlos—. El bar está en Cornellá. Nunca he ido. Quizá me apunte.

—Vale —contesté muy rápido, provocando, con suerte, un desvío de la conversación.

Yo no paraba de pensar que vería a Carlos un sábado por la tarde después de las vacaciones. Mi madre me guiñó un ojo y sentí que se había dado cuenta de todo.

—¡Claro! —agregó mi madre—. Y luego podemos visitar El Corte Inglés de Cornellá, que nunca he ido al Corte Inglés de Cornellá.

A mi madre le gustaba visitar los Corte Inglés como una especie de atracción recreativa, aunque la mayor parte de las veces no compraba nada. Mi madre decía que había buen género, pero que el supermercado era muy caro y por eso ni lo pisaba. Entonces mi madre empezó a hablar de una sartén wok del Corte Inglés que estaba de promoción, y mientras tanto yo permanecí callada y creo que Carlos pudo notar el sopor en mi cara.

Carlos preguntó cuánto quedaba para llegar a la primera parada porque se estaba meando. El calor se filtraba por las ventanillas del Seat Córdoba. Mi padre conducía en silencio y atento a la carretera, siempre como espectador pasivo. Su conducción era suave, absolutamente profesional, nunca había sobresaltos ni giros bruscos. Ciertamente, era un conductor excelente.

Antes de desviar los caminos, hicimos una comida en un merendero de la autopista A-4. Las mujeres habían comprado en un supermercado embutido y barras de pan para hacer bocadillos. Esa comida la recuerdo porque los adultos hablaban de propiedades. El padre de Carlos, en su inevitable liderazgo de todas las conversaciones, anunció que estaban mirando una casa unifamiliar en Altafulla. El plan era alquilar el piso que tenían en Barcelona y con eso ir pagando la segunda hipoteca. El piso, decían, se les hacía pequeño. Además, siempre habían querido vivir en una casa de dos plantas. A juzgar por su cara, Carlos no parecía aprobar demasiado el plan; pero también parecía que nadie se lo había preguntado. Mi madre miró a mi padre porque creo que ella también quería una casa de dos plantas o una residencia de veraneo. A finales de los noventa, llegaron a consultar algunos precios de apartamentos en la Costa Brava, especialmente en Blanes, aunque finalmente descartaron la compra. No tuvimos apartamento en la Costa Brava, pero con los años conocimos a gente que sí lo tenía. Eso estuvo bien. Cuando mi madre iba a contar alguna experiencia de cuando casi tenemos una casa en Blanes, el padre de Carlos la interrumpía. Eso era algo que siempre hacía cuando se interactuaba con él: dejar claro, de alguna forma, que él también o que él sabía más de algo.

—Chsss... no, no, no, no —se arrancó chasqueando los dientes y negando con la cabeza—. Te digo yo donde hay que comprar: hay que comprar en la costa levantina. Ahora es una ganga. Además, tengo una idea de negocio —añadió, y empezó a contarla—: Estoy hablando con un amigo mío valenciano para poner una bodega en Benidorm entre los dos. Los ingleses arrasan con el whisky. Benidorm es Andorra para ellos. Ahora creo que les permiten introducir hasta diez litros en su país. Sus marcas favoritas son Bell's y The Famous Grouse. Lo sé porque me he informado. Los que van a Benidorm son currantes, pero en alcohol se dejan una pasta. Eso te lo aseguro. Llegan ingleses de Manchester, Liverpool, Leeds... son trabajadores de fábricas, mineros, gasolineros, tienen las manos llenas de callos, pero cómo beben los cabrones. —Pegó un mordisco a su bocadillo de chorizo—. Y luego temporadita de jubilados en invierno con el Imserso. A los viejos casi les sale más barato ir a Benidorm una semana que quedarse en casa y encender la calefacción. ¿Sabes lo que te digo? Ahí hay negocio todo el año.

Antonia, su mujer, le dio un suave toque en el brazo, como para sugerirle que no monopolizara nuevamente la conversación. Nos miró al resto de los comensales como disculpándose.

—¡Pero que ellos no hablan de poner ningún negocio, chico! —intervino finalmente mirando a todo el mundo con indulgencia—. ¡Qué marido tengo, de verdad! ¡Menudo emprendedor este!

Después de la comida de las propiedades, mis padres

odiaron un poco más al padre de Carlos y la verdad es que les apetecía descansar de su compañía. Por suerte en ese momento los Molero se fueron en dirección a Martos, al oeste de nuestro pueblo. Ellos sí que tenían bastantes familiares con quienes mantenían el contacto. Cada verano pasaban unos días allí, y no fallaban en Semana Santa. Eran de los que decían que como en su pueblo en ningún lado. Al cabo de una semana y media, el plan era reencontrarnos en Cádiz y acabar las vacaciones tres días en un camping a pie de playa.

Nosotros nos fuimos en dirección al pueblo, otra vez volvíamos a nuestro estado habitual, los cuatro juntos en el coche.

La gente salió de sus casas para saludarnos y llamarnos Perolitas. Las nietas de la Perolita. La nieta mayor de la Perolita, en referencia a mi abuela. La madre de mi abuela era la Perolita original. Venía de perola, el recipiente de metal grande que se usa para cocinar y hacer cocidos. Los cocidos de la madre de mi abuela eran legendarios.

A mi madre la miraban con estupefacción y orgullo, como si hubiera crecido más de la cuenta en Barcelona, o de una forma diferente. Una prima segunda la agarró del brazo y le dijo, sin miramientos y creo que a cuento de la belleza que todos alababan de mi madre:

—Prima, ¡qué bien follada, coño!

Mi hermana y yo nos miramos algo superadas por la

situación: a esa edad, la mera idea de imaginar a nuestra madre follar era un pensamiento pesadillesco. Nuestros padres no podían follar, igual que no se podían divorciar, eso era inconcebible. Mi madre se puso roja.

Mi pueblo resultó ser un lugar de casas blancas, calles empinadas y empedrados irregulares. Las casas estaban casi siempre con las puertas y ventanas abiertas de par en par, mirillas públicas a otros mundos que me dejaron atolondrada durante la mitad del paseo hasta la plaza del pueblo. No podía parar de mirar, de detenerme en cada casa y observar quién había allí dentro y qué estaban haciendo. Algunas casas tenían su pequeño patio interior, ornamentado con claveles y geranios. El calor era achicharrante, y de camino a la plaza me tomé un Frigopie. Mientras me lo comía, pensé que ese era el pueblo soñado que siempre había querido tener, aunque no lo supiera hasta ese día.

La tarde fue una especie de peregrinaje de casa en casa, de familiar lejano a otro aún más lejano. Todos se alegraban de vernos de una forma genuina, nos pellizcaban los mofletes y aplaudían lo mucho que habíamos crecido. La gente preguntaba qué tal se vivía en Barcelona y cómo estaba la abuela. Ese primer día también nos llevaron a un merendero cerca de un embalse y mataron a un cabrito delante de nosotros y luego nos lo comimos. Las mujeres repartían pedazos de carne en platos de plástico, se servían las últimas y decían que ellas no tenían mucha hambre. Siempre oí decir a las mujeres que ellas no tenían mucha hambre. Bebían vino y gaseosa de un porrón, y en la sobremesa los adultos jugaban a las cartas apostándose algo de dinero. Creo que mi madre ganó algo de calderilla. Me pareció que se había mimetizado con el ambiente. Se reía fuerte, y de vez en cuando le salía el acento andaluz. Mi hermana y yo se lo afeábamos.

—¿Por qué aquí hablas así si *tú no hablas así*? —repetíamos mi hermana y yo, cejas arqueadas, niñas repelentes.

—En Cataluña porque no hablo bien el catalán y aquí porque hablo mucho en andaluz. ¡Qué cruz! Sois un grano en el culo.

Los días en el pueblo de mis padres transcurrieron rápido, básicamente nos dejamos besar y achuchar y alimentar por decenas de viejos que se asombraban de las mismas cosas. Aunque mi abuela no estaba, se referían muchas veces a ella para contar anécdotas suyas: sobre todo se comentaba su belleza y cómo se quitaba las medias a escondidas de sus padres para ir de fiesta o se pintaba los ojos con carboncillo. Llamaban a mi abuela la desertora del campo, a mí eso me sonaba a amazona, a guerrera, a insurgente. No tenía muy claro qué significaba, pero parecía importante. Alguna vez mi abuela me había contado que había soñado con campos en los que las mujeres araban con los críos colgando. Pensé durante ese viaje en esos sueños de mi abuela que en Barcelona casi nunca comprendía. No me imaginaba esos campos.

No me imaginaba a esas mujeres. Mi abuela había tenido una vida antes, aunque ninguna foto así lo atestiguaba. En ese viaje me lo creí todo.

De vez en cuando, entre todas esas visitas de señores de más de sesenta años contándonos historias, yo miraba a mis padres para comprobar, forzar, la aparición de alguna lágrima. Pensé que quizás ese viaje les resultaba muy emotivo, muy importante. El llanto adulto me asustaba y lo buscaba. Quería ver llorar a mis padres, pero no lo conseguí. Ellos estaban muy tranquilos, bebiendo y comiendo como nunca, y aunque creo que lo intentaron con fuerza, eso de sentir las cosas, en el fondo se sabían forasteros de paso, desconectados de aquellas gentes que solo habían visto con tres años y muy lejos de aquellos lugares que recordaban y que ya no existían, o que existían de otra forma. A fin de cuentas, sentí que la parada en el pueblo fue una más de entre todas las del verano. Los últimos días ya estaba cansada de que me ofrecieran tazas de ColaCao y de no hablar con gente de mi edad. Yo solo quería reencontrarme con Carlos Molero.

Me levanto con las tetas completamente hinchadas y pienso que es un desperdicio que nadie las vaya a tocar. Están a punto de estallar porque me va a venir la regla. Hugo está muy lejos y no voy a molestarlo para eso después de semanas ignorándolo. Creo que, si le digo las palabras clave, «tetas hinchadas» y «ven», sería capaz de tomar un tren solo para venir a verme. No estoy segura de si estoy preparada para hablarle a Pau de mis tetas premenstruales. Decido contárselo a Yaiza. Desde que Yaiza se dejó dos tampones metidos y se olvidó de sacarlos siempre nos contamos anécdotas menstruales. Yo misma la acompañé al hospital después de una excursión del colegio. Como siempre, nos sentábamos juntas en el autocar. Yaiza apestaba y yo se lo dije: «Tía, hueles fatal, es un tufo insoportable. No sé qué te pasa». Yaiza me dijo que ella también se lo notaba. En Urgencias, después de tres horas y media en la sala de espera, nos atendió una doctora acompañada de una estudiante de MIR de unos veintipico años. No abrió la boca, pero sabíamos que estaba mirando a Yaiza como si fuera una cerda. Salimos del médico y tuve que calmarla, en aquella época Yaiza era con abrumadora diferencia la más chunga de la clase. Salió del médico diciendo que iba a poner una queja a esa residente por mirar mal a una paciente y también por las tres horas de espera. Le dije que creía que mirar mal no era motivo suficiente para denunciar a nadie, pero que lo de la espera interminable igual sí que tenía un pase. «¡Me podrían haber amputado la pierna! ¡El síndrome del shock tóxico ese! ¡Lo he visto en internet!» La calmé, le dije que mirara sus dos piernas y que comprobara que estaban ahí, con ella. Acordamos que esa humillación en el CAP sería un secreto entre nosotras. En su historial médico figura para siempre que se halló un objeto en su vagina.

El caso es que voy con mis tetas hinchadas de compras con mi madre porque quiere que le ayude a decidirse para comprarse unos zapatos. Son de la marca Geox. Aunque son unos zapatos caros, dice mi madre, cree que los amortizará seguro. «Son una inversión, y en zapatos es mejor no ahorrar.» Yo le digo que si lo tiene tan claro para qué me necesita. Pero ella insiste. Es sábado por la mañana, los días en vacaciones se confunden unos con otros, los lunes y los jueves doy clases particulares y hago de niñera, el mínimo que me han requerido mis padres para ser autosuficiente y no pedir dinero. Mis padres dicen que, por ahora, me centre en estudiar y no en trabajar. Están orgullosos de eso. Sería injusto decir que no tengo suficiente tiempo libre para acompañar a mi madre. Así que la acompaño.

—Yo lo que no entiendo es lo de Luci, todo el día en casa y encima dice que le faltan horas —irrumpe mi madre de repente.

—¿Qué Luci?

Intuyo por su arranque que me va a contar una historia.

—La de Blas, la madre de Pedrito.

—¿Qué pasa?

—Esa es una pava. Un ama de casa —dice con desdén.

Mi madre no entiende a las amas de casa.

—Pero ¿qué hace?

—Quejarse todo el día. Ahora, lo último, es que su marido la anula.

Mi madre pone cara de incredulidad y dice con tono de suficiencia eso de que la «anula». Utiliza sus dedos para hacer el signo de las comillas. Al parecer Luci le ha contado a mi madre que su marido no tiene en cuenta sus opiniones y que siempre es él quien tiene que llevar la razón porque sino se irrita y eleva el tono de voz. Mi madre cree que Luci no se impone lo suficiente.

—No sé, ¿quizás es verdad eso de que la anula? —le pregunto con desgana; realmente no me interesa criticar a alguien que ni siquiera tengo muy claro quién es.

—Y que no tiene tiempo, dice, que le faltan horas. ¿Cómo te van a faltar horas? Yo trabajo todo el día y encima os he educado y alimentado porque tu padre ha trabajado siempre fuera de casa con el autocar. ¿A mí me han faltado horas? A mí no me faltan horas. ¿Cómo le van a faltar horas a un ama de casa?

Mi madre sigue con su discurso sobre la importancia de trabajar fuera de casa, tener un trabajo *de verdad*, ser una mujer independiente.

—Bueno, pero a ti te ha ayudado la yaya y de vez en cuando viene Fina a limpiarnos la casa, ¿no? Quiero decir que eso cuenta como horas... que tú sola no podrías.

Esta respuesta la enmudece un momento, fija la mirada en un maniquí de un escaparate que lleva una falda de tubo y tiene la cintura contorneada hacia la derecha en una postura improbable. Luego me mira, frunce el ceño y vuelve a la carga:

—Pero eso no es lo mismo. Y mira, ya no es solo eso, es que trabajar en casa te atonta. Hay que hacer algo en la vida. Hay que estar en contacto con otras personas. No es que sea yo muy lista, pero sería más tonta si me hubiera quedado en casa, seguro.

—Muy bien, mamá, ¿quieres un aplauso por lo bien que lo has hecho?

Ahora es cuando empiezo a aborrecer por completo la conversación. No tengo especial interés por ser ama de casa, pero no soporto cuando mi madre busca la aprobación por toda su trayectoria cargándose la del resto. Aunque ella diga que no, eso es exactamente lo que hace.

—No, no digo eso, hija. Solo que no me entra en la cabeza que *falten* horas. Todas esas madres bien que van a tomarse una café cada mañana con las otras madres después de dejar a los niños en la escuela. ¿Yo tomo algún café en un bar por la mañana? ¿Verdad que no? Huevonas.

—La madre de Yaiza siempre dice que trabajar en casa le hace sentir muy sola, el café de la mañana con las otras madres es el único momento para socializar. Son como sus compañeras de trabajo. Tú tienes compañeros de trabajo.

Quiero acabar la conversación cuanto antes.

—¡La madre de Yaiza! ¡Otra que tal! —exclama mi madre, y da un solo aplauso al aire, se muestra sorprendida y animada por tener algo más de chicha en el debate—. Al poco de nacer Yaiza ya quiso dejar de trabajar porque no podía con todo. Esa es una depresiva total, siempre igual.

—Deprimida porque se siente sola —recalco.

—Sola, sola, sola, sola. —Mi madre finge una voz de lánguida—. ¡En la vida hay que estar muy solas, y nadie se ha muerto por sentirse sola!

Descarto seguir interviniendo en la conversación. Mi madre sería capaz de repetir su teoría seis o siete veces seguidas sin alterar lo más mínimo el discurso. Mi madre valida su vida comparándose con el resto de las mujeres. Pienso en ese momento en que, en estas conversaciones entre mi madre y yo, solo reprochamos comportamientos a las mujeres, nunca hablamos de los hombres. Mi madre siempre se muestra orgullosa de todo lo que ha conseguido, de lo pronto y rápido que se sacó el carnet de conducir, de la suerte que tuvo de encontrar un trabajo tan rápido. A los doce años la sacaron de la escuela para que ayudara en la tienda de mi abuela, pero tuvo la suerte de empezar como secretaria en la consulta del doctor Belincoso, un dentista que tenía la clínica en el barrio de al lado. Todo fue gracias a que mi abuelo le compró una máquina de escribir y sabía teclear muy rápido. Pasó la prueba, el doctor quedó encantado con ella. Y ahí trabaja desde los catorce, aunque empezó a cotizar a los treinta. El doctor Belincoso hace ya más de cuarenta años que se dirige a ella como oye guapa esto, oye guapa lo otro.

—En la consulta yo he aprendido a hablar bien. El Belincoso, otra cosa no, pero habla muy bien, ya lo sabes. Y, aunque es como es, se me van pegando algunas cosas solo de oírlo. ¡No me imagino cómo es quedarse todo el día en casa! ¡Limpiando para otros! Tan poca ambición —continúa ella sola.

Mi madre me explica que el otro día el jefe se le acercó para explicarle sin venir a cuento cómo se iniciaron las guerras biológicas en Mesopotamia. Los asaltantes de las ciudades metían cadáveres putrefactos de animales o humanos para disuadir o incordiar a sus habitantes. Los defensores de los castillos amurallados también catapultaban animales vivos, avisperos y escorpiones. Un caso célebre fue en mayo de 1216: el conde Raimundo VII de Tolosa, partidario de los cátaros, conquistó la fortaleza de Beaucaire después de asediarla gravemente con sacos de azufre, estopa y brasas ardientes. Y durante la Primera Guerra Mundial los alemanes también forzaron a los ingleses a huir de África Oriental después de lanzarles enjambres de abejas furiosas.

—¿Ves lo que te digo? Es un pesado, pero yo, cuando me canso, pues desconecto. Me llevo lo bueno del trabajo. Todos los trabajos tienen algo bueno. Por eso hay que trabajar siempre. Esforzarse siempre. ¿Sabes lo que te digo? Si te esfuerzas, ganas.

Huguito, te escribo desde casa de mi abuela. Ella está enferma, se rompió el tobillo, sabes que no puede estar quieta. No para de quejarse. Está insoportable. He decidido escribirte un mail porque me parece que así puedo extenderme más y no necesito una respuesta inmediata. Pensarás que solo escribo mails para dar solemnidad a las cosas. No te rías. Voy totalmente en serio. Creo que nunca nos hemos escrito un mail, pero en la universidad escribo muchos mails. Me parece lo normal ahora. Ya sé que el último día fue muy raro. No quiero que estés mal. Te sigo queriendo. Solo estoy pensando que no te quiero de la misma manera que todos los veranos y que no me apetece pasar otros veranos queriéndote de la misma manera. Hoy me he acordado de que por esta época, tenía que ser finales de julio, fuimos al karting de Cardedeu, hace un año. A ti te hacía mucha ilusión y fue tu regalo de cumpleaños. Después fuimos a un restaurante que nos habían recomendado tus padres, estaba muy cerca del karting, me acuerdo porque estuvimos diez minutos en el coche y luego ya había que bajar. Era un buffet libre. ¿Te acuerdas? Se llamaba El Tremendo. Tu padre nos daba indicaciones del camino por teléfono, toma la nacional no sé qué, luego gira a la derecha, en la rotonda toma la primera salida, les encanta hacer eso a los padres; yo, como copiloto, no paraba de repetirle que mejor lo buscábamos en el GPS. No me enteraba de nada.

Hacía no mucho que habían salido las notas de selectividad y que yo ya sabía que había sido admitida oficialmente en la facultad de Derecho. Supongo que eso, sumado al hecho que era tu cumpleaños, hacía que los dos estuviéramos bastante contentos. Tus padres también estaban muy orgullosos de mí. Lo notaba cuando te decían «Cuídala bien, que será abogada». Menuda forma de presión para una persona que acababa de repetir y se sentía un poco en la mierda. Te lo dije entonces, que no pasaba nada por repetir segundo de bachillerato. Pero tú estabas ya algo obcecado y me repetiste más de una vez que yo me cansaría de ti pronto porque en la universidad conocería a mucha gente nueva y que tú no serías suficiente para mí porque yo era más lista que tú. Te dio por eso. Te pusiste a llorar y todo y te diste un cabezazo contra la pared. Todo me pareció muy teatral. Para mí estaba claro que ibas a repetir. Tampoco pasaba nada. Lo que creo que te molestó más fue que toda tu cuadrilla al final aprobó y tú no. Era como si todos los malotes os hubierais conjurado para repetir curso y a última hora ellos hubieran cambiado de planes sin avisarte. Entiendo que fue duro.

En el restaurante estuvimos bien aunque a mí no se me iba una sensación intermitente de ridículo, no paraba de pensar en que éramos las personas más jóvenes del lugar. Me parecía que estábamos disfrazados de adultos y que nos quedaba grande el disfraz y que en cualquier momento algún camarero nos iba a delatar o simplemente se iba a reír de nosotros por ser tan jóvenes. Comimos todo tipo de carne a la brasa, quesos, gambas. Tú te zampaste un chuletón delante de mi cara. Elegiste el segundo vino más barato de la carta. Es un truco que te había dicho tu padre, me dijiste. Me he apropiado del truco. Nada de lo que te he contado del buffet es relevante. Realmente la cena nos costó 18 euros con bebida y postre incluidos. Aunque ahora tenga mis reparos con los buffets libres, antes no los tenía, y tengo que admitir que todo estaba delicioso y cenar había que cenar. Perdón, esta expresión es de mi madre.

A lo que realmente voy es que a mí no me gusta el karting. Hoy pensaba justo eso. Que te quiero pero que no me gusta el karting. A ti te flipa el karting. Esto no es ninguna tontería, no tenemos aficiones parecidas. Ninguna. Por otro lado, ni siquiera he ido a verte nunca a ningún partido de fútbol. Te prometo que no sé en qué categoría juegas. ¿Lo has pensado? Yo esto lo he pensado. Es lo único en lo que estoy pensando este verano. La mayor parte de las relaciones del instituto no son para toda la vida. No somos nuestros padres. A mí también me da pena que las cosas sean así y que no seamos nuestros padres, o que finalmente nunca vaya a ver tu cara cuando seas viejo. Hace cuarenta años habríamos sido nuestros padres. A nuestros padres no les importa eso de las aficiones parecidas. Me atrevería a decir que nuestros padres no tienen muchas aficiones. Hablo por los míos. Quiero decir que están contentos y ya está. Quieren estar tranquilos, que estemos bien y jubilarse pronto, con suerte prejubilarse con buenas condiciones, y quizás entonces apuntarse a algún curso de cocina asiática, musicoterapia o idiomas. Mi padre dice que cuando se jubile quiere retomar el catalán. Ahora no solo buscamos a alguien que te guste, digamos, sexualmente, sino que encima tenemos que compartir aficiones. Si hasta busco afinidades con Yaiza y antes las tenía y ahora resulta que ya no. ¿Cómo puede haber pasado todo esto? ¿Cuándo ha pasado? Me asombro de todos los cambios. Para colmo, no paramos de conocer a gente nueva. Resulta que, si todo va bien, me querré ir de Erasmus y que tendré que hacer prácticas en segundo o tercero y que comparto seminarios con gente de otras clases, y luego cuando acabe todo, tendré que buscar trabajo. Es posible que incluso tenga que buscar un trabajo fuera de España. Es casi seguro que no tendré un trabajo para toda la vida. ¿Te puedes creer lo que es eso? ¿Cuántas personas, cuántos chicos potencialmente interesantes voy a conocer en todos estos años? No tengo ni idea, pero muchos. Lo mismo te sucederá ti. Me preocupa la idea de estar enamorada tanto tiempo, no te lo niego. Estar siempre enamorada es una gran limitación en este mundo. Lo sé por Virginia Woolf y por *Cumbres Borrascosas*. El caso es que creo que nuestro ciclo se ha acabado. Eso es lo que quería decir cuando dije «circunscrito» el día en que casi lo dejamos. No te gustó ni un pelo que usara esa palabra, pero quería decir eso. Me daba la sensación que había quemado una etapa contigo, la del instituto. De alguna forma, te dejaba de forma preventiva. Como consuelo, te diré que incluso nuestros padres se divorcian; los nuestros no, de momento, pero los de otra gente sí. ¿Cuántos padres divorciados conoces? ¿Cinco? ¿Seis? ¿Más? ¿Quiénes somos ahora? ¿Qué se hace ahora? No estoy con otro chico. Te lo dije el día de la despedida y te lo vuelvo a repetir ahora. Tampoco te estoy dejando por mail, son reflexiones en voz alta. Hablaremos en septiembre. Me gusta mucho esta canción de Yo La Tengo.

Hola.

Sinceramente, la canción me parece una mierda. ¿Desde cuando te gusta ese tipo de música? Exageras con todo eso del karting. No hacía falta toda esta parrafada para decir que te has cansado.

No me llames Huguito.

Cada verano se muere algún bebé asfixiado en el coche por culpa de un familiar. Sucede cada verano, hay muchas noticias relacionadas. Muere una bebé tras seis horas olvidada por su abuelo en un coche en Ibiza. Muere un niño de dos años asfixiado en el coche porque su madre se lo dejó dentro en Valladolid. Yaiza me lee estas noticias mientras estamos tumbadas en la hamaca de la torre de mi abuela. Otro día más.

—¿De verdad me tienes que leer estas noticias, Yaiza? —le digo con desinterés.

—¿Te imaginas que te pasa algo así? ¿Crees que puedes llegar a ser feliz después de eso? ¿Después de haberte cargado a un bebé? Me parece una locura —dice recreándose en la noticia y aportándome algunos detalles escabrosos, como que uno de esos bebés había tenido que ser reanimado en la UCI de urgencias después de nacer. Esto es, que era un bebé bastante condenado a la no existencia.

—Creo que es mejor que se muera un bebé que un niño de tres años. El dolor es proporcional a los años, porque tienes más amigos y gente que llorará por ti. Los bebés no tienen amigos —le digo sin meditar mucho la respuesta, aunque con bastante convencimiento—. Pero a partir de los sesenta años, la pena va en disminución, la gente ya se espera que te mueras en cualquier momento.

—Puede ser —dice Yaiza. Se da la vuelta en la hamaca y saca un esmalte de uñas negro del neceser—. Nuestra muerte sería una putada. Daríamos tanta pena... Pienso mucho en la gente que vendría a mi funeral. Tengo una lista en Spotify de canciones preparadas para mi entierro. ¿Tú has pensado en eso? ¿Quién vendría? ¿Qué música sonaría y eso? ¿Te parece que estoy loca?

No contesto a Yaiza, me agota extremadamente cuando me pregunta si me parece que está loca. Quiero escuchar música y solo espero que no me pida un auricular.

A las seis de la tarde, Yaiza y yo recogemos las toallas porque yo he quedado con Ane, que ya ha regresado de sus vacaciones, y otros amigos de la universidad en una terraza del centro.

—¿Nos llamamos mañana para ir de compras? Mañana salgo de trabajar a las cuatro y estoy buscando un vestido para una boda en otoño —me pregunta Yaiza.

—Mañana no puedo. ¿Mejor otro día?

«El equipo de *España directo* ha visitado la plaza de los Frutos para conocer a Manu Baqueiro e Itziar Miranda, los actores que durante mil capítulos han dado vida a Marcelino y Manolita en *Amar en tiempos revueltos.*» El volumen del televisor está alto, la voz de la reportera resuena tanto en la salita de estar que estoy casi segura de que se oye desde el portal. El nivel de sordera en el edificio es alto, la media de edad es de setenta años, así que subir las escaleras tiene algo de demoníaco. Cada rellano de puertas invita a un delirio distinto: programas de cocina, *Pasapalabra*, documentales de La 2. A todo trapo. Si llaman al timbre, no lo vamos a oír. Sentarse en la salita de estar con mi abuela es como refugiarse en un búnker en el que las horas pasan de una forma distinta. La reportera de *España directo* habla vocalizando mucho cada palabra y adapta su tono de voz a un ensayado movimiento de cejas. Parece que se le da bien acabar cada frase con entusiasmo y luego arquear la ceja izquierda para recalcar ese entusiasmo. «¡Ahora vamos a cocinar con estos dos actorazos tarantelo de atún con jugo de cochinillo!», dice la reportera, arqueo de ceja, lanza el micrófono a la pantalla de forma chisposa. Todo eso sucede en pantalla, pero la abuela no oye nada.

—¿Por qué no te pones el aparato, yaya?

—Para lo que hay que oír...

—Bueno. Hay que oír cosas aún.

—Ya lo he oído todo muchas veces.

Hoy ha decidido que no necesita usar su sonotone. Su gesto me parece hasta político, una especie de acto de resistencia. Tiene noventa y tres años y se está sublevando contra el paso del tiempo. No ponerse el sonotone por decisión propia me parece una forma de entender que *se es viejo* y que no vale la pena perder mucho tiempo negándolo. La asunción plena de un yo estropeado. Estoicismo puro. La reportera puede decir lo que quiera, que a mi abuela no le interesa. Al diablo el tarantelo de atún con jugo de cochinillo.

Mi madre me había avisado de que la abuela estaba deprimida, absolutamente convencida de que su lesión en el tobillo es la antesala que la lleva a la muerte o a una residencia de ancianos. Dice que prefiere lo primero a lo segundo.

—A mí no me vais a encerrar en un sitio de viejos. Yo tengo la cabeza muy bien.

Se gira para señalarse con un dedo la cabeza y sonríe de forma un poco maliciosa.

—Nadie te va a llevar a ningún sitio. ¿De dónde has sacado eso?

—Yo tonta no soy, yo oigo cosas —insiste.

—Claro que no. No te vamos a llevar a ningún sitio. Realmente no sé de dónde ha sacado esa información.

—Ni tampoco me vais a traer a una de esas sudamericanas. Esas roban y estorban. Yo no quiero a extraños en mi casa.

—Yaya, nadie ha hablado de eso —prosigo—. Creo.

—Todo está lleno de gente de fuera. ¿Te has fijado cómo está el barrio? Ya no es lo que era. Viven todos juntos en pisos, como gitanos. Fíjate. A mí no me gustan, no me han hecho mal a mí, pero a mí no me gustan.

—Pero, yaya, vosotros vivíais igual cuando llegasteis del pueblo. ¿No te acuerdas? Todos hacinados en el sótano. ¿Te acuerdas de eso o no? Pisos patera. Lo mismo.

—Aquello no era lo mismo. Aquello era otra cosa.

—¿Por qué?

—España.

Podría hacer una lista de similitudes entre la situación de paquistaníes, chinos y árabes y la de ellos, pero creo que no quiero asumir esa función ni convencerla de ello. Además, ella solo me contestaría España. España. España. Me pregunto a qué edad las señoras se hacen de derechas. Pienso que cada vez se parece más a mi tío «el facha», y si no la estará manipulando cuando viene a visitarla. Mi tío «el facha» siempre lleva el pelo engominado, tiene una gran barriga y siempre desprende un aroma que es una mezcla desagradable de vino, colonia de hombre y halitosis. El único juego que se le ocurre hacerle a los niños de la familia es el de robarles la nariz. No renueva el chiste desde hace cuarenta años. Todo el mundo lo considera un viejo insufrible. Además, «el facha» solo viene a ver a la abuela para acompañarla a votar. Todo lo cual lo convierte en alguien absolutamente sospechoso.

Solo quiero pasar una tarde tranquila con ella sin meterme en ningún jaleo que podría ponerla aún más nerviosa. Nos quedamos en silencio y yo sigo contemplando algo absorta a otra reportera de España, con el pelo rizado y rubio platino, que está visitando, con unos tacones de charol negro, la Academia de Infantería de Toledo. La abuela se arranca sola, voz titubeante, con la dentadura movediza e inestable, a cantar uno de sus romances sobre amoríos.

Domingo de Carnaval
de gitana me vestí,
y me fui al salón del baile
por ver a mi novio allí.

Él me dijo: Gitanilla,
¿quieres tú hacer el favor
de decirme con salero
las faltas que tengo yo?

Tú eres un muchacho guapo
y tienes buen corazón,
pero tienes una falta
que es la traición del amor.

Tú quieres a dos mujeres,
de eso me he enterado yo;
la una es alta y morena,
la otra rubia como el sol.

Cásate con la morena
y serás afortunado,
no te cases con la rubia
que has de ser un desgraciado.

Yo me caso con la rubia
aunque sea un desgraciado,
y con la morena no,
aunque sea afortunado.

No te cases con la rubia
que pronto lo vas a ver,
antes del año que viene
dos niños has de tener.

Has de tener un rubito
con el pelito rizao,
y has de tener un moreno
que ha de ser afortunao.

¡Vaya una gitana lista
que adivina el pensamiento!
Si no fuera gitanilla
trataría un casamiento.

Adiós, Pepe, que me voy
porque mi madre me espera;
si quieres saber quién soy:
soy tu novia la morena.

Soy tu novia la morena,
la que te quiso y te amó,
y tú como ser tan pillo
me jugaste la traición.

Una tarde, cuidando de mi abuela, descubro que ella también estuvo entre dos chicos. Su marido, el abuelo que nunca conocí, la agarró un día como un saco de trigo en medio de una fiesta en el pueblo y así la convirtió en su mujer. Mi abuela me lo ha contado hoy como si nada, con ese carácter felino que se le pone cuando está sentada en la mecedora. La abuela tiene esa tranquilidad en el habla de quien ya se ha desprendido de todos los sentimientos que tenía por gastar y ahora puede contar las cosas desde una nueva pureza. Hablar sin sentir ya nada, eso solo pueden hacerlo los viejos.

—Tu abuelo. Bueno. No estaba mal, pero tampoco bien.

Cuando se murió el abuelo, todo el mundo pensó que mi abuela se alegraba un poco. La frase que la catapultó a la fama de viuda satisfecha fue una que dijo en una comida familiar después de beberse tres vasitos de vino tinto, limpiarse los morros y sorber una vez más: «Yo pena ninguna, yo diría que estoy más bien tranquila». Del abuelo se hablaba poco; se decía que tenía mal genio y que a veces lanzaba objetos contra las paredes. Mi abuela sostenía que nunca le había llegado a pegar porque siempre se hacía lo que él quería. Algunos hijos lo desmentían. Recordaban al abuelo pegar gritos sobre Barcelona («Barcelona te ha vuelto loca»). No podía soportar que mi abuela, al llegar a la nueva ciudad, dejara de ir a la iglesia y quisiera poner una tienda de comestibles y, de hecho, lo hiciera con notable éxito. El abuelo se frustraba. Se sentía inútil.

En general se hablaba poco del abuelo, a quien no conocí; pero sí se hablaba de la familia o de los orígenes, relatos que nunca revestimos con ningún tipo de épica. Me parecía que todas las familias tenían más épica que la mía: algún abuelo represaliado por el régimen franquista, algún familiar exiliado a París, algún superviviente en un campo de concentración nazi, las memorias de un rebelde anarcosindicalista, las cartas de amor de alguien un poco poeta. La nuestra, no. Se sabía que el abuelo se alistó en el bando nacional más por supervivencia que por convicción política. El pueblo cayó en manos de fascistas al principio de la guerra civil. Prácticamente todo el mundo que quería estar tranquilo en el pueblo se unía al bando de los ganadores, todo el mundo en mi familia quería estar tranquilo.

No tengo recuerdos de mi abuelo, no hay fotos de él y solo sé cómo era por lo que me han dicho otros: alto y flaco, moreno, de bigote alargado y ojos azules. Aunque no tenía mucho dinero, dicen que siempre iba bien vestido. Una vez oí decir a mí tío Juan Carlos y a mi madre que el abuelo una vez casi mata a un hombre en el bar del pueblo a raíz de una trifulca por el impago de unas deudas. Mi abuelo le arrojó una botella de vino y casi le rompe el cráneo. A causa de ese incidente, el abuelo estuvo seis meses en prisión y salió gracias al soborno de un funcionario. Trabajó de albañil la mayor parte del tiempo. Me imagino los brazos del abuelo robustos como los de mi padre, y sus manos como esas que parecen raíces de árboles centenarios.

Con esas manos como fósiles, me imagino a mi abuelo sujetando a mi abuela cuando aún no es abuela y pesa cuarenta y cinco kilos. Mi abuelo *conquistó* a mi abuela desde la literalidad más cruda del término «conquista»: se apoderó carnalmente de un cuerpo con aquellas manos. Se apoderó de ella como quien se apodera de un saco de trigo; lo hizo por orgullo. El recuerdo es difuso, la demencia de mi abuela cruza datos, palabras y nombres, pero hay algo que mi abuela repite siempre. Dice que el abuelo *se la llevó a cuestas* y que a la mañana siguiente ya estaba como casada.

—¿Cómo que te llevó a cuestas y cómo que «como casada»?

—A un cortijo de su hermana. La verdad es que su hermana me quería muchísimo. Dejaron el cortijo listo y arreglado para que yo llegara.

—¿Llegar adónde?

—Llegar por la noche. A su casa.

—Pero ¿cómo os fuisteis?

—No, yo no me fui a ningún sitio, te lo estoy diciendo, leches. Me agarró como un saco de trigo.

La abuela me cuenta que conoció al abuelo en una fiesta en el pueblo. Mi abuela estaba enamorada de Luisito, hijo de Carmen la Gorda. Luisito era veinte años mayor que ella y tenía una mano deforme. La familia de mi abuela no quería a Luisito, su condición de tullido le invalidaba para el trabajo del campo. El trabajo del campo luego no serviría en Barcelona, pero eso aún no lo sabían. La familia se opuso a esa relación; y además Luisito tampoco parecía muy dispuesto a luchar por ella. En un intento final, en unos bailes de fiesta mayor, mi abuela, al ver que Luisito estaba bailando con otra chica, se puso a bailar con el abuelo, a quien conocía de vista y de algún paseo. Bailó con el abuelo para poner celoso a Luisito. Luisito no se enteró de nada y siguió bailando toda la noche con otra chica, de veintipocos, pestañosa y morena. Se llamaba Cati. Esa mujer se llamaba Cati. Mi abuela no ha olvidado su nombre. Tampoco ha olvidado cómo miraba a Cati y a Luisito mientras bailaba agarrada con el abuelo y la vista se le iba, cada vez más triste, cada vez más resignada, siguiendo el paso de ellos dos. El recuerdo del baile de esa pareja, que nadie sabe si prosperó, se quedó para siempre grabado en los ojos de diecisiete años de mi abuela. Esa pareja se movía al ritmo de una copla romántica.

El abuelo se enteró de la estrategia de mi abuela, y nada hay más peligroso que la masculinidad herida, así que, al enterarse del juego de la abuela, decidió *llevársela*. Esta era una práctica habitual. También se lo hicieron a Paquita, vecina de mi abuela, en el mismo pueblo; y luego a Loli la Flaca, que veinte años después mutó a Loli la Viuda, aunque en su caso se fugaron por amor y para sortear la oposición de una de las dos familias. Los hombres se las llevaban a cuestas en plena noche, o al amanecer, y las encerraban en una casa, normalmente la del novio. Esa fuga, ese rapto, constituía un nuevo orden: la unión de dos familias Aunque no hubieran mantenido relaciones sexuales, a ojos del pueblo sí lo habían hecho, por lo que otra cosa distinta al matrimonio se consideraba una deshonra para las familias. Nada más cruzar la puerta, tras acceder a la casa de él, se daba la primera fase de esa unión, en forma de encierro. Al día siguiente, la pareja de novios recorrería el mismo camino pero al revés, en dirección a la casa de la otra familia. Eso exactamente fue lo que pasó entre mi abuela y mi abuelo, así se hicieron novios.

—Me encerraron en la casa y luego me tuve que casar —repite, otra vez—. No me acuerdo de nada más.

A todas se las *llevaron* y todas tuvieron que casarse después. Algunas lo aceptaban más contentas que otras, en función de cuánto conocían o cuánto amaban al muchacho. Después de las noches en que las mujeres se convertían en sacos de trigos, los niños del pueblo cantaban canciones (Fulanito se ha llevado a Menganita, Fulanito se ha llevado a Menganita). Los rumores se esparcían, y con ellos la vergüenza, el estigma de esas mujeres que, habiendo sido puras, dejaban de serlo de la noche a la mañana.

—¿Te gustaba un poco el abuelo? ¿Al menos estabas un poco enamorada?

—Enamorada. Esa es una palabra muy grande.

Aíslo al abuelo del marco familiar. Realmente no pienso en él como el padre de mi madre, sino solo como un abuelo que podría serlo de cualquier otra. Pienso en él como un personaje de ficción. Me imagino el pueblo de suelos arenosos y casas blancas y empedradas y mis abuelos desapareciendo en plena noche. Y a la mañana siguiente acudiendo a casa de la familia de mi abuela para consagrar esa unión con el permiso de sus padres. La familia de mi abuela aceptó la unión. El abuelo se ganaba bien la vida, era mayor y tenía la vida «arreglada», así que esa unión era también una forma de ascenso social. Las bodas después de llevarse a la novia, además, eran más baratas porque no hacía falta ni ceremonia ni vestido blanco. Todo se arreglaba con la máxima celeridad. La madre de la abuela aceptó esa unión con solo una mirada y tres palabras: «Pues ya está». El padre lo hizo por omisión, no diciendo nada, dejando claro que ya no mandaba en ella, en la hija, sino que ahora mandaba «otro». Luego mi abuela engendró seis hijos con ese hombre y siguió su vida como si nada.

—Tú no te cases ni tengas tantos hijos, por el amor de Dios —resopla la abuela y se queda ahí, medio dormida—. ¡Si lo llego a saber yo todo! Eso era muy extraño. Yo creo que eso estaba mal.

—¿El qué, yaya?

—Eso que se hacía antes.

—¿Lo de llevaros? —pregunto, empleando su propia terminología.

—No sé qué estaba mal, pero algo estaba mal.

Luego se queda definitivamente dormida, dejando la conversación a medias. Cojo mi bolso y salgo de casa de la abuela pensando que tengo que escribir a Hugo y a Pau.

Me apetece escribirle a Hugo con copia visible a Pau:

Enamorada es una palabra muy grande, Hugo. Lo ha dicho mi abuela, y creo que lleva razón. Si lo hemos dejado es porque todas las parejas de ahora lo dejan y todas las parejas de antes lo hubieran dejado también si hubieran podido. ¿Sabes lo que quiero decir? Eso de estar con una persona toda la vida me parece raro, sospechoso. De hecho, creo que empezar algo ya es una forma de empezar a dejarlo. Esto va por ti, Pau. No sé cómo me imagino el futuro, pero solo recibo órdenes contradictorias. Mi abuela me dice que no me case, pero todo el rato la gente me pregunta por mis novios, como si solo hubiera una forma de ser, de *estar,* en el mundo. No sé cómo me imagino el futuro, quizá solo es una habitación llena de personas que te gustan y con las que interactúas según tus necesidades de cada momento. Es una suerte tener la capacidad de movimientos que tengo, y no ser un saco de trigo ni nada de eso. Mi abuela fue un saco de trigo. Nunca me lo había dicho. No quiero ser nunca un saco de trigo. Qué libres somos ahora que hasta nos aburrimos de las cosas y las intercambiamos por otras. Me aburro. Os quiero.

Por supuesto, el mail me parece una imprudencia, y al final no envío nada.

Mi abuela me ha contado hoy su método anticonceptivo: consistía en mirar al techo fijamente. Cuando todo empezaba a temblar, entonces había que parar. La mujer, boca arriba, era penetrada hasta que el techo se movía, la pared de gotelé se convertía en un borrón de poros agitándose, mareantes. Entonces, en ese momento, el hombre tenía que salir inmediatamente del cuerpo de la mujer. La penetración se detenía así, con el hombre corriéndose fuera. Mi abuela llama a la marcha atrás «mirar al techo y esperar que tiemble». Su forma de contarlo me ha resultado inmensamente conmovedora. Mirar al techo y esperar que tiemble todo, excepto ella misma.

Ahora nos hormonamos para no quedarnos embarazadas y tenemos sexo con chicos que no saben comer un coño. Yaiza me recomendó la píldora porque, según ella, así los chicos sienten más. Ella toma Belara y yo me compro cada mes el aro NuvaRing. Lo compramos y lo pagamos nosotras mismas desde que teníamos dieciséis años. Nos han dicho que también te quitan los granos y hasta el dolor de regla. La verdad es que funciona todo estupendamente: no hay dolor de regla porque, de hecho, nos quitan la regla. Nuestro sangrado ridículo, nuestra manchita en las bragas, nuestra falsa menstruación, se la debemos a un católico devoto llamado John Rock, a quien no conocemos. Algún día fantasearemos con empapar de sangre a los inventores de la píldora. *Todavía no*. Estamos demasiado ocupadas tomándola cada mes y explorando todas las formas posibles de satisfacer a un hombre.

A veces, nosotras también nos aburrimos mirando al techo. Pienso en la abuela y en mí mirando al techo y en todas las mujeres de todos los siglos mirando al techo. La última vez que tuve sexo con Hugo me quedé con la mirada fija en los restos de sangre de un mosquito muerto que una vez matamos juntos. Él me penetraba y yo miraba la marca del mosquito. Los restos de sangre estaban en el rincón derecho de su habitación de niño. Esperé a que acabara, busqué mis bragas y luego me fui de la cama.

Qué aburrimiento.

Estoy bien.

No importa.

Todo bien.

(Y esto también pasó aquel verano)

El verano del 2000 acabó en las fiestas patronales de Nuestra Señora de Regla en Chipiona. Nuestro color de piel era indudablemente veraniego: el marrón estaba perfectamente compensado y todas las niñas teníamos las puntas del pelo de un tono mucho más claro. Estábamos en el paseo marítimo viendo los fuegos artificiales y oyendo los petardos; desde entonces y para siempre, asocié ese ruido al final de las vacaciones. Los fuegos artificiales eran de colores lilas, verdes y amarillos, y se extendían por toda la costa hasta donde me alcanzaba la vista. Aunque siempre me habían dado miedo los fuegos artificiales y siempre me producían como ganas de llorar, ese año decidí aguantar la compostura como el resto de los adultos. A mi lado estaba Carlos Molero. Mi hermana me miró con muchas ganas de delatarme:

—¿No te dan miedo?

—Para tu información, ya no —le contesté.

Y permanecí un rato más callada, mirando hacia arriba, rodeada por un cordón protector hecho de cuerpos adultos. Yo estaba en medio. Mi campo de visión tampoco era tan amplio, pero me parecía suficiente. Mi madre me acarició la frente, y pensé que cuando llegáramos a Barcelona quizá llevaríamos a cabo todos los planes de los que habíamos hablado. En ese momento me pareció un buen plan, y que en términos generales había sido un buen verano. El padre de Carlos fue corriendo al chiringuito a buscar mojitos, y a esas alturas del verano ningún adulto se peleó ya por pagarlos. En ese momento Carlos me preguntó si quería que me subiera a sus hombros para ver mejor los fuegos. Le dije que sí. Me agarró por las piernas y me lanzó hacia arriba. Desde esa torre tan alta lo contemplaba todo a la perfección, con un grado de detalle asombroso. Los fuegos artificiales se veían mucho más grandes. Además de tener un mayor campo de visión, desde allí arriba también se olía el pelo de Carlos. Definitivamente, me gustaban los fuegos artificiales. Los adultos empezaron a hablar entre ellos, del final del verano y de que no querían que llegara el 15 de septiembre porque tendrían que volver a sus respectivos trabajos. Empezaron a hablar de las próximas vacaciones juntos.

—El año que viene podríamos ir todos al Oceanogràfic. O para la Semana Santa.

—¿El Oceanogràfic es ese acuario tan grande que hay en Valencia, papá? —le pregunté a mi padre.

—Eso mismo. El más grande de Europa. Eso es una virguería, una puta virguería —contestó el padre de Carlos.

—Pues estaría muy bien. Dicen que lo inauguran el año que viene —dijo mi madre.

—La verdad es que Valencia está cambiando muchísimo —agregó Antonia.

—Toda esa parte de la Ciudad de las Artes y las Ciencias la están dejando muy guapa.

—Bueno, ¿y Carlos qué? ¿Cómo piensas empezar septiembre? Me parece a mí que, como no apruebes todas este año, vas a acabar en la empresa de tu padre y te olvidas para siempre de las vacaciones —le dijo Antonia a Carlos, mirándolo de esa forma que tienen los adultos cuando el curso escolar está a punto de empezar.

Miré a Carlos con compasión pero sin decir nada, aunque me apetecía salir en su defensa. La idea de imaginar a Carlos castigado de por vida me ponía triste.

—Hay que estudiar porque es la única herencia que os vamos a dejar. Estudios y más estudios —añadió el padre de Carlos—. Ya lo valoraréis, ya, cuando no estemos.

Después de los fuegos, nos fuimos a una pizzería a pie de playa que sugirió el padre de Carlos. Pizzería Domenicco. Yo me pedí una margarita y Carlos Molero una cuatro quesos. Le di media pizza que me había sobrado y me dijo que lo que más echaría de menos del verano era comerse toda la comida que me sobraba. Me pareció un comentario increíblemente amoroso. Luego fuimos a jugar a un bingo, aunque el padre de Carlos quería ir al minigolf. Esa noche, la última noche, acabamos en un bar de copas, que los adultos llamaban «disco», y pusieron la canción «Mambo n.º 5», que tantas veces ponían en la radio y que a mi madre le encantaba. Se puso a bailar con Antonia con su característico paso de baile. Se ponían en corrillo con otra gente de su edad y hacían pasitos hacia delante y hacia atrás, hacia delante y hacia atrás. Mi madre nos hacía gestos a mi hermana y a mí para que bailáramos con ella. Yo la contemplaba comiéndome un Maxibon y sentada en una silla de plástico de la que me colgaban las piernas. El final del verano me dio mucha pena justo en ese momento, aunque desde fuera creo que no se notó. Carlos apareció con un peluche de Garfield que me había conseguido en una máquina de juegos. Me dijo: «Ten, enana, antes de que te dejen de gustar los peluches».

El tobillo de la abuela está especialmente entumecido, y además la vecina Concha ha llamado a mi madre para contarle que esta madrugada los gritos de mi abuela han despertado a todo el vecindario. La abuela decía: «Que me lleven al pueblo, que esto no es mi casa». No es la primera vez que la abuela se desorienta y cree que está donde no está. Me imagino su casa como un cubículo laberíntico que adopta formas distintas en su cabeza en función del día. Ese cubículo mutante convierte el salón en un prado, la cocina en la fuente de la plaza, la estufa en un animal de compañía. El otro día, mi abuela creyó estar subida en lo alto de un barco desde el que se avistaba un olivo y luego era un ciprés y luego otra vez volvía a ser su casa. Entonces dijo, con la voz flojita y entrecortada: «Qué despiste. Qué despiste llevo».

—Entonces ¿esto es mi casa? —retoma hoy, mirándonos a mi madre y a mí.

—¿Dónde vas a estar, mamá? Venga, por favor, te ayudamos a levantarte.

Mi madre hoy tiene prisa y solo quiere que se arregle rápido porque está usando su hora de la comida y luego tiene que volver al trabajo.

—Yo esto no lo tenía apuntado.

—¿Dónde lo vas a tener apuntado?

—En la cabeza, ¿dónde va a ser? ¿Cómo hacía yo para acordarme de las cosas?

La abuela nos mira con el ceño fruncido y cara de confusión. Luego niega con la cabeza y continúa mirando la televisión como si nadie le estuviera hablando. A mi lado, siento que mi madre cada vez se exaspera un poco más. Le digo que se tranquilice y que trate bien a la abuela. Mi madre resopla.

—¿Y a mí? ¿Quién me trata bien a mí?

»No tengo todo el día, mamá —insiste mi madre—. Me he escapado un momento del trabajo, pero tengo que volver. Pareces una cría.

Yo permanezco inmóvil en la salita, mirando a la abuela, que sigue en su mecedora, y observando los movimientos enérgicos de mi madre, de un lado para otro.

—¿Por qué has venido tú otra vez? Tienes hermanos, recuerda, tienes hermanos —le digo a mi madre.

—Ahora no empieces tú, por favor. Ayúdame.

Nos acercamos a la mecedora de la abuela y le insistimos en que hoy le toca médico y que tiene que vestirse. Ella sigue renegando. Al final la convencemos prometiéndole que luego le llevaremos a la peluquería a ponerse el tinte. Sus ojos se activan, se toca el pelo, nos mira distante y luego, con su actitud felina, nos pone su mirada más digna.

—Bueno, médico no. Pero el pelo sí. Falta me hace.

Al poco baja Lulu con el delantal puesto y nos saluda. «Es que os he oído desde arriba y quería pasar a saludaros.» Lulu me pellizca el moflete y me dice que estoy más estirada que la última vez que me vio y que tengo una figura esbelta como mi madre de joven. «Qué hermosura, qué hermosura. Qué bien te ha sentado el verano.» Mi madre plancha la blusa de la abuela en el sofá estirando los pliegues con las manos, repasando el cuello. Se nota que tiene prisa. Luego busca sus pendientes de plata en forma de rosa, pero mi abuela dice que se quiere poner los dorados de conchas. Mi madre resopla.

Lulu le dice a mi madre que tiene otra carta que no entiende y que si puede pasarse un día. Mi madre asiente con la cabeza y ahora busca unas bragas blancas y la falda para ponérselas a mi abuela. Yo la sujeto por el lado izquierdo para que no apoye el pie y Lulu sigue hablando mientras ayuda por el lado derecho. Nos cuenta que la nieta del dueño del bar Manolo ya ha nacido y que se llama Hibai y que ha pesado dos kilos setecientos gramos. Me pregunto a qué viene ahora eso.

—Hibai. Qué nombre tan raro, tan feo. Además, parece de niño —comenta mi madre.

—Qué más da eso, de niño o de niña —digo yo.

Mi abuela pone su cara de cuando odia a Lulu y de cuando no se está enterando de nada porque no oye.

—¿Por qué no vuelves a llevar el aparato? —pregunta mi madre.

—Pues porque no hay nada que oír.

Otra vez.

Mientras tanto, mi madre le cambia las bragas viejas por unas nuevas con la máxima celeridad. Luego le recoge las tetas con las dos manos y le abrocha el sujetador.

—Qué cosa más fea —dice mi abuela mirando ahora su falda.

Mi madre le dice que hace dos días le gustaba. Contemplo la escena impasible. Lulu sigue hablando.

Por fin la abuela está completamente vestida. Solo le falta peinarse y nos vamos.

—Tanto lío para esto —dice, y acto seguido eructa.

—¿Has visto qué despliegue para vestirte? —digo.

—Con lo que yo he sido, cogollos.

Salimos de casa de mi abuela. Lulu nos invita a que vayamos luego a su casa a comer unas lentejas con patatas y arroz. Cogemos una rebequita para mi abuela, me despido de Lulu y me da uno de esos besos que desencajan la mandíbula y luego me frota con fuerza para quitarme el pintalabios, clavándome su anillo de boda. También abraza a mi madre.

—Tu madre no envejece. Tu madre es una cosa...

Bajamos poco a poco las escaleras mi abuela, mi madre y yo con cuidado de que no tropiece nadie. Son muy estrechas. Lulu nos mira desde arriba, desde el rellano. No quiere entrar en su casa hasta que nos pierda completamente de vista. Nos mira con ese orgullo de escultor, el mismo orgullo de escultora con el que me mira mi madre cuando ve que estoy bien y hago cosas importantes, el mismo orgullo de escultora con el que mi abuela mira a mi madre y ve que está bien y ha hecho cosas importantes.

—¡Qué familia tan estupenda! —grita Lulu desde arriba.

Mi madre avanza a paso ligero, sujetando con delicadeza los brazos flacos de mi abuela. Yo estoy un poco por detrás y puedo ver sus siluetas de espalda. La de mi madre más alta que la de mi abuela, que ya está encorvada y cada vez se hace más pequeña. Sujeto el bastón de mi abuela para que ella se agarre a la barandilla. Seguimos avanzando, pasito a pasito, las tres seguimos avanzando hasta que finalmente salimos a la calle y en la calle aún es de día. Mi abuela se para en seco, nos toma del brazo a las dos y nos mira risueña.

—¡Llevabais razón! ¡Este portal es el mío! Hoy tenía que ir al médico.

Allí, plantada en la portería de mi abuela, donde he estado tantas veces, experimento una especie de sacudida al comprobar que efectivamente sigue siendo de día y que Lulu continúa mirando desde arriba, asegurándose de que bajamos bien. Una hilera de ventanas y pasillos se despliegan enfrente del bloque de mi abuela. Al fondo al oeste, la cuadrícula exacta y precisa que forman los bloques de protección oficial se iluminan de un modo distinto por la luz anaranjada de la última hora de la tarde. Se oyen los ladridos de algún perro y la mujer de Benito, que siempre está asomada en el balcón de enfrente, nos saluda con efusividad llamándonos por nuestros nombres. El silencio de la tarde es espectral, como si en todos los pisos la gente estuviera alargando la última siesta de la última tarde del verano. Mi madre está guapísima iluminada de esa forma, y por algún motivo esa imagen me reconforta.

Mi madre me acompaña a comprarme unos tejanos. Hoy no me ha pedido que la acompañe yo a ella, hoy se lo he pedido yo. Quiero que me los pague. Ella ha aceptado encantada. La llegada de septiembre, el inicio de la universidad, me tiene agitada. No sé nada más de Hugo y he decidido que no debería volver a escribirle. El tiempo ha expirado y sigo pensando lo mismo que en junio. No hay que darle más vueltas. Se ha acabado. Mi madre me pregunta si quiero ir al centro y le digo que mejor vayamos al centro comercial, al de al lado de casa, dando un paseo. Atravesamos el polígono donde quedábamos de adolescentes Yaiza y yo para fumar a escondidas; o Hugo y yo para darnos besos cuando las casas estaban ocupadas. Ahora hay un solar vacío que se usa de parking y edificios de obra nueva con cárteles de SE VENDE y locales sin alquilar. A mitad de camino hay una escuela primaria en barracas, la Félix Rodríguez de la Fuente. Es provisional, hasta que construyan la nueva escuela. Los vecinos también reclaman un instituto público. La zona es medio fantasma, pero algunos de esos edificios tienen zona verde y piscina comunitaria. Se oye el sonido que hacen unos niños al zambullirse en el agua.

—Tú siempre quisiste tener piscina, como esa amiga tuya, Paula Carrasco, la que vivía en los bloques de la calle Bolivia —me dice mi madre.

—¿No estuvisteis a punto de comprar un piso aquí tú y papá?

—Bueno, yo fui a ver un piso piloto de esos. Ya sabes que me gusta mucho chafardear los precios —dice mi madre—. Pero eran muy caros, y menos mal que al final no compramos nada. Tampoco había una escuela por la zona. ¡Fíjate! Yo creo que hicimos bien en quedarnos. Estamos bien donde estamos. Eso dijo tu padre, y hay que reconocer que tenía razón.

—Ya, de aquí a que haya una escuela en condiciones... —le doy la razón.

Mi madre y yo continuamos avanzando. Ahora me explica que le faltan camisetas lisas, básicas para el otoño para conjuntar con los tejanos.

—Si encuentro algunas bien de precio, me las compro.

Luego me da un golpecito en el brazo como si de repente quisiera decirme algo muy urgente. Le pregunto qué pasa, qué pasa, elevando ligeramente el tono de voz.

—Ay, que no te lo dije. ¿Tú te acuerdas de los Molero, aquella familia con la que nos fuimos a la Expo de Sevilla y luego a Segovia y al sur? Hace años. Hace ya como diez años. Quizá no te acuerdes, tú eras una cría.

—Sí, me acuerdo. Bueno, ¿qué? —digo con la voz a punto de irritarme.

Pienso que mi madre está haciendo lo mismo de siempre.

—El niño... bueno, ya no era niño... el hijo mayor. Carlos se llamaba. Quizá no te acuerdas. ¿Te acuerdas de él? Hace años que no sabíamos nada de ellos. Se compraron una casa en las afueras y les perdimos la pista.

—Sí, me acuerdo, me acuerdo. ¿Qué?

—Un accidente de moto, hija. Se ha matado. Veintisiete añitos.

Me molesta que haya utilizado el diminutivo para decir su edad. Es algo que hace la gente ante las tragedias juveniles. También me molesta que esta tragedia sea la de Carlos.

—Joder —digo.

—El sábado hay el tanatorio. Habrá que ir. Hace mucho que no sabemos de ellos, pero hay que ir. A estas cosas hay que ir.

Mi madre y yo continuamos avanzando, ahora más pegadas que antes, ella se enrosca en mi brazo. No puedo decir que tenga ganas de llorar, pero tampoco de caminar. Me apetece quedarme con mi madre, enroscada. Siento un vacío en el estómago y la ciudad en ese momento me parece un sitio extrañísimo y aterrador. Me digo: «La constatación de que tus conocidos se mueren es otra prueba de que te haces mayor».

—La vida es un misterio —sigue mi madre—: un día

estás y luego ya no estás, la caja de pino está más cerca de lo que imaginas. Cualquier día ¡desapareces! Hay que hacer las cosas importantes, no hay que preocuparse por nada, todo es relativo, si lo piensas. No hay problemas gordos, todo se soluciona... Hay que verlo todo positivo, luego pasa lo que pasa y te das cuenta de que te has pasado media vida sufriendo, sufriendo y trabajando. —Mi madre ya empieza con su odioso discurso positivista. Cualquier otro día lo hubiera aborrecido, le hubiera repetido que todo eso es tan banal como inútil, pero esa tarde, de camino al centro comercial, me reconforta extrañamente, prefiero su sonido al silencio, como un disco rayado que conozco desde hace años. Me quedo callada, no le digo nada, dejo que continúe ella sola, casi todas las cosas que va a decir podría predecirlas—. Es increíble. Si Dios existiera, ¿cómo iba a permitir eso? Si existe un Dios, ¿por qué ocurren tantas cosas malas? ¿No tendría más sentido que se muriera la gente según la edad? ¿La gente mala? ¡La gente joven no debería morir! Nadie debe morir con veinte años. Me parece increíble... Si te pasa algo a ti... ay, ¡si te pasa algo a ti...!

Recorremos la calle, cogidas del brazo, yo en silencio y mi madre sin poder parar de hablar, con su cháchara incansable. Nos vamos haciendo diminutas a medida que nos alejamos. El paseo lo es todo para nosotras.

Al anochecer, pienso en la muerte de Carlos Molero. Me lo imagino de adulto, le pongo una cara que no sé si tiene, hacía años que no lo veía. Tampoco sé a qué se dedicaba. Pienso en aquel verano, en las fiestas de Chipiona, aquella vez que me sujetó por las piernas para que yo pudiera ver los fuegos artificiales. Carlos y yo nunca seremos adultos a la vez. Me masturbo pensando en su muerte. Luego me masturbo viendo un concurso de la tele. Aunque estoy un poco triste, no puedo parar de hacerlo.

Yaiza y yo, tumbadas en las hamacas de la torre, comparando la marca del bikini.

—Para ser tú, estás negra —me dice.

Quedan dos días para que empiecen las clases y ya he ido a la universidad a recoger mi carpeta nueva. A estas alturas del verano, Yaiza y yo ya nos hemos contado todo lo que había que contar y hasta nos hemos repetido. Estoy convencida de que pasarán meses hasta que la vuelva a llamar. Además, Ane ya está de vuelta. Yaiza me regala un kit de sales de colores para la ducha que me ha sacado gratis del Depiline.

—Exfóliate, ya verás, quedarás de lujo.

Al rato cambia de tema y me cuenta que nada le gusta más que ese gato raquítico que bebe leche de un bol enfrente de nosotras dando pequeños lengüetazos, tiene moscas por toda la cara.

—Es superrelajante —me dice—. En otra vida las dos fuimos gatas. Con lo que nos gusta la leche.

Yaiza me mira medio animada por eso de la leche y su doble sentido y hace un ruido nasal que acaba en carcajada. Me río abruptamente. Después ella vuelve a mirarme, aunque esta vez arquea una ceja y se pone muy seria:

—No desaparezcas otra vez cuando empiecen las clases. Si me olvidas, te rajo.

Gracias a mi padre, Jose, a mi madre, Encarna, y a mi hermana Laura. A Nahuel y a su madre, Balbina. Contribuyeron con sus cuidados a que yo me dedicara a escribir, y eso es un privilegio. Gracias a mis editores, Luna y Antonio, por ayudarme e inspirarme tanto desde el inicio. Gracias a Txell, sus aportaciones han sido muy valiosas y han contribuido a mejorar el manuscrito. Gracias a mis amigas y amigos, gran parte de todo esto surge por ellas y ellos. A quienes leyeron páginas sueltas y me dieron su opinión, gracias otra vez. Y a quienes, sin haber leído nada, me animaron generosamente cuando yo era una nube negra, gracias y perdón.

Eché de menos a Mariona durante todo el proceso de escritura de Listas, guapas, limpias, *y la sigo echando de menos.*

Anna Pacheco (Barcelona, 1991) es periodista y narradora. Pone el foco en temas sociales, feminismos y cultura popular con perspectiva de clase y género. Sus textos han aparecido en medios como *VICE*, *PlayGround*, *La Marea*, *Público*, *Verne* y *SModa*. Actualmente trabaja como periodista freelance y es también cocreadora del podcast *Ciberlocutorio* en Radio Primavera Sound. También ha participado en la antología de textos feministas *Aquí estamos* (Akal, 2019). *Listas, guapas, limpias* es su primer libro.

Twitter: @annapacheco__

AÑO 2015: ELVIRA NAVARRO

«He privilegiado las ficciones que establecían un diálogo crítico con el presente. La mayoría de los libros que he seleccionado tratan sobre la identidad y las herencias en todas sus variantes, temas estos que también protagonizan mis escritos.»

La cosecha de Elvira Navarro dio con uno de los éxitos más destacados de la editorial: *El comensal* (Premio Euskadi de Literatura), una novela autobiográfica en la que Gabriela Ybarra trata de comprender su relación con la muerte y la familia a través de dos sucesos: el asesinato de su abuelo a manos de ETA y el fallecimiento de su madre. Algunas de las obras que conforman el año de Elvira Navarro versan también sobre las herencias políticas y familiares, teniendo el conjunto de su catálogo los legados como hilo conductor.

TÍTULOS PUBLICADOS

La edad ganada,
Mar Gómez Glez

Sin música,
Chus Fernández

Yosotros,
Raúl Quinto

La vida periférica,
Roxana Villarreal

Fuera de tiempo,
Antonio de Paco

El comensal,
Gabriela Ybarra

Meteoro,
Mireya Hernández

Filtraciones,
Marta Caparrós

AÑO 2016: ALBERTO OLMOS

«Pretendo que el conjunto de los títulos que se publican bajo mi interinidad conforme un despliegue coherente, un discurso; una conversación.»

Alberto Olmos cuenta entre sus apuestas como editor de Caballo de Troya con el IV premio Hispanoamericano de Cuento Gabriel García Márquez. Los relatos de *El estado natural de las cosas* se adscriben en el género fantástico, pero lo modulan y deforman para volverlo a su vez denuncia y retrato de los tiempos que nos ha tocado vivir. Un éxito similar ha tenido *La acústica de los iglús*, conjunto de cuentos en los que la matemática de la música y de la vida arrojan el resultado sonoro que registra la mirada única de su autora. Las cuatro novelas que cierran las apuestas de Olmos se suman al diálogo que quiso abrir como editor, una conversación sobre el pasado, sobre la corrupción moral y política; un diálogo lírico sobre la supervivencia y la comprensión.

TÍTULOS PUBLICADOS

La pertenencia,
Gema Nieto

Los primeros días de Pompeya,
María Folguera

La fórmula Miralbes,
Braulio Ortiz Poole

El estado natural de las cosas,
Alejandro Morellón

La acústica de los iglús,
Almudena Sánchez

Felipón,
David Muñoz Mateos

AÑO 2017: LARA MORENO

«Hay algo que atraviesa cada libro que he escogido y los une: la voz de cada uno, la búsqueda de comunicar a través de lo literario, el grito que la narrativa supone en la vida del escritor. Por eso están ahí.»

Lara Moreno inauguró su año en Caballo de Troya con *La hija del comunista*, reconocida con el premio El Ojo Crítico. Esta novela íntima atravesada por la Historia cuenta la vida de unos exiliados republicanos españoles en Berlín, antes de la construcción del muro, durante y después de su caída. Cruzadas en su práctica totalidad por las experiencias personales de sus autores, las obras seleccionadas por Lara Moreno comparten una voluntad de entender. Sus autores interrogan a su pasado o a su presente rebuscando en las raíces de su familia, en situaciones laborales llevadas al límite o en los rincones del mundo y la literatura que acaban conformando nuestros destinos individuales.

TÍTULOS PUBLICADOS

La hija del comunista,
Aroa Moreno Durán

Hamaca,
Constanza Ternicier

Televisión,
María Cabrera

Animal doméstico,
Mario Hinojos

Madre mía,
Florencia del Campo

En la ciudad líquida,
Marta Rebón

AÑO 2018:
MERCEDES CEBRIÁN

«El catálogo de 2018 es verdaderamente polifónico; lo he seleccionado confiando en mis corazonadas y en mis años de experiencia en el mundo literario.»

Mercedes Cebrián ha escogido cuidadosamente seis historias que conforman un abanico narrativo ciertamente heterogéneo: desde los diarios de una adolescente española en los años noventa en *Y ahora, lo importante*, hasta las descripciones de una región gobernada por la oscuridad, en la que un mineral recoge las voces de sus habitantes, en *Umbra*. Destacan también las experiencias de *Florentina*, una mujer que tuvo que emigrar de Galicia a Argentina a principios del siglo XX en busca de una vida mejor. Junto con el resto del catálogo ideado por Cebrián, estas tres apuestas nos acompañan en un viaje por distintas épocas y espacios que, como toda buena travesía, nos cuestiona y nos enfrenta con nuestra propia realidad.

TÍTULOS PUBLICADOS

Y ahora, lo importante,
Beatriz Navas Valdés

Las ventajas de la vida en el campo,
Pilar Fraile

Florentina,
Eduardo Muslip

Para español, pulse 2,
Sara Cordón

Umbra,
Silvia Terrón

Maratón balcánico,
Miguel Roán

Si te ha gustado *Listas, guapas, limpias,* te recomendamos:

AÑO 2015: ELVIRA NAVARRO
FUERA DE TIEMPO
Antonio de Paco

Fuera de tiempo mezcla la autoficción, el diario, la autobiografía y una escritura casi teatral para hablarnos de los fracasos de largo aliento, esos que empiezan en la infancia y pasan a formar parte de la maleta emocional hasta que un día se sacan y se tienden al sol. Este libro híbrido se desarrolla en Valencia y en Londres, y en él se cuentan historias de padres e hijos, de canciones pop de los años ochenta, de amistad, de retiros, de precariedades autoimpuestas, de entornos urbanos periféricos, de ensoñaciones, de visitas a cementerios, de romances que mueren antes de nacer y de crisis personales que transitan en paralelo con la crisis del propio país. *Fuera de tiempo* es, asimismo, un retrato muy fiel de la subjetividad de quienes hoy están en la treintena y no encuentran su lugar. Aunque aquí el análisis es fundamentalmente introspectivo, no resulta ensimismado, y apunta a cómo del fracaso se aprende siempre más que del éxito.

AÑO 2017: LARA MORENO
MADRE MÍA
Florencia del Campo

Narrada en una descarnada primera persona, esta novela es el viaje de la autora hacia la enfermedad y la muerte de su madre, a través del cuestionamiento de su propia identidad y de su deber como hija. A medio camino entre Buenos Aires, donde vive su madre, y el resto del mundo, la autora traza un recorrido visceral de idas y venidas: de un lado la obligación y el deseo de cuidar a su madre, del otro la fuerza que la arrastra a vivir su propia vida, su necesidad de construirse lejos de las fronteras de su familia, con toda la complejidad de esa raíz, de esa pertenencia. Estados Unidos, Uruguay, India y España son los lugares a los que la protagonista escapa y desde los que regresa, una y otra vez, a Argentina, en un viaje en el que irá desvelando, con un tono afilado e irónico, la esencia de la vida y la muerte: quién es la hija, quién es la madre, y cuál es el lugar donde ambas se encuentran, se enfrentan y se perdonan.

AÑO 2018: MERCEDES CEBRIÁN
FLORENTINA
Eduardo Muslip

El nieto adulto que hoy bucea en la personalidad de su abuela Florentina, nacida en Galicia y enviada a Buenos Aires a principios del siglo xx, no nos la muestra de modo nostálgico ni idealizado. Al revés: nos presenta el retrato realista y mordaz de una mujer que pasó su vida adulta en un territorio que sentía ajeno. Eduardo Muslip describe en esta novela dos mundos: la Argentina que a lo largo del siglo xx recibía inmigrantes de todo el planeta y la España de penuria económica y atraso cuyos habitantes buscaban una vida mejor en Latinoamérica. Mediante la reconstrucción del carácter seco y brusco de su abuela, de los recuerdos de la niñez de esta en Galicia y de su particular modo de hablar —a caballo entre el gallego y el castellano— el autor realiza al mismo tiempo un ejercicio exquisito de reconstrucción de su propia memoria y de los espacios y tiempos perdidos de su infancia en Buenos Aires.